MICHELE TESTA

RACCONTI BREVI – PERNICIOSITÀ DEL PREGIUDIZIO

Youcanprint *Self-Publishing*

Titolo | Racconti brevi – Perniciosità del pregiudizio
Autore | Michele Testa

ISBN | 978-88-93210-85-0

Youcanprint Self-Publishing
Via Roma, 73 – 73039 Tricase (LE) – Italy
www.youcanprint.it
info@youcanprint.it
Facebook: facebook.com/youcanprint.it
Twitter: twitter.com/youcanprintit

INDICE

Parte Prima
RACCONTI BREVI

Parte Seconda

PERNICIOSITÀ DEL PREGIUDIZIO

PREFAZIONE

Questo libro ho iniziato a scriverlo nel '95 e negli anni a venire è stato ristrutturato e aggiornato esponendo situazioni collegate da un filo conduttore con logiche sul tabù razzista, esaminando memorie in forme non sempre visibili nei risvolti della vita contemporanea. I racconti mi hanno aiutato a semplificare le tematiche illustrando gli aspetti con l'aiuto stimolante delle analisi da essi scaturite, cercando di elasticizzare i contenuti in un'intesa realistica.

L'opera si svolge in un sopralluogo del passato proponendo vicende e considerazioni che lasciano percepire con ironia, o con disagio episodi inquinati da turbamenti orientati dal pregiudizio. Nelle ultime pagine le analisi delle situazioni valutano i comportamenti in saggi brevi per scrutare più in là e liberare stati d'animo più reconditi, in maniera lontana da buonismo, moralismo, complessi e pregiudizio.

Le vicende non rievocano sentimenti estremi di razzismo per non accrescere i vortici di meschinità e sono separati dall'immaginario collettivo che trasmette con malanimo l'ossessione, o bonariamente la repulsione del pregiudizio razziale; interpretato per coloro che questa lacerazione non l'hanno subita in prima persona e che il tabù lo hanno considerato e filtrato d'effetto per armonizzarlo con indicazioni altresì conseguite in terza persona e, guidati dalla individuale attitudine, cultura, religione, background, e in altri casi secondo pretesti per opportunità o appartenenza di casta.

Il testo espone rievocazioni per illustrare un profilo a volte "di pancia", tal altre prudente e anche spiritose in una scelta di ricordi vissuti senza intermediari, al fine che gli indifferenti e chi non abbia conoscenza conseguano delucidazioni non ingannevoli, testimoniate per scoprirle in condivisione di principi, ravvicinati alle analisi per le quali non si sostiene alcuna posizione ideologica e qualora emergesse l'impressione di una maggiore inclinazione per le società meno avanzate o per quelle più evolute, chiedo di non attribuire tale tendenza alla presente testimonianza.

In questa piccola opera vogliate condonare possibili imperfezioni, sperando che il contenuto risulti equilibrato e sia di Vostro gradimento, grazie.

Questo volume è dedicato a coloro che il pregiudizio l'hanno testimoniato e sofferto in prima persona, e anche a quanti come me, hanno girato il mondo per lavoro a contatto con le persone per comprenderle e recepire il loro malessere nel tabù del preconcetto razzista.

Parte Prima

GLI STIVALI NERI

La periferia della città aveva una rete di strade ben tracciate, gli alberi di eucalipto ornavano i bordi dei marciapiedi, alcune vie erano asfaltate e altre erano in terra battuta causando la polvere nei giorni ventosi. Le case con i loro prospetti di stile coloniale erano disegnate con il tetto di tegole rosse in alcune e, in altre di lamiera zincata.

L'ultima strada ad est definiva il limite tra la città residenziale e la campagna, là dove iniziavano i campi di grano, di granturco e di sorgo che separavano le costruzioni con i tetti di tegole rosse e i giardini ben curati, dalle abitazioni disordinate di fango, che appartenevano ai coltivatori di quei poderi. Più avanti su una collina cosparsa di pietre nere c'era un recinto di pali di *zigba* che recintava una stalla per due cavalli, un asina e una baracca con una stanza e cucinotto; senza bagno né acqua, né luce.

A tre chilometri dalla capanna una piccola diga alta sette, forse otto metri costruita durante l'Amministrazione Coloniale Italiana creava un laghetto di acqua piovana diventata bruna come il colore della argilla del fondale non molto profondo. L'acqua era importante per i contadini che la usavano per irrigare i campi e per le necessità quotidiane. Il proprietario della collina possedeva un carretto sul quale il suo stalliere caricava i secchi per rifornirsi di acqua da distribuire a pagamento ai contadini del borgo di case di fango.

Tutti i giorni in quell'angolo della città si replicava la scena dell'asina che trainando il carretto si orientava verso il laghetto con il garzone di stalla seduto dietro in senso inverso alla direzione di marcia con le gambe ciondolanti senza curarsi del percorso, poiché l'asina conosceva la strada e il posto di carico.

Dove dopo il rifornimento di acqua il ragazzo sedicenne cambiava posizione sedendosi davanti con le redini in mano e si fermava alle porte dei contadini lungo il percorso di ritorno che a quell'ora, quasi sempre la stessa, aspettavano il piccolo Teclè per prendere la razione d'acqua quotidiana, pagandola la sera al proprietario: il signor Capanna, quando rientrava dal suo lavoro in città.

Quest'uomo faceva il vetturale, possedeva oltre al carretto un calesse registrato al Servizio Pubblico del Municipio per trasportare le persone che lo avessero affittato. Capanna era arrivato in Africa Orientale arruolato nella milizia di cavalleria e finita la guerra preferì rimanere in Eritrea e non tornare a Potenza, sua città natale, stabilendosi su quella collina desolata con due cavalli, l'asina e lo stalliere, che era nato a Massawa a centoventi chilometri verso nord, sul mare a duemila e trecento metri più in basso.

Capanna, era sempre vestito con una sahariana gialla e sporca e indossava il cappello intriso di sudore che da tempo aveva preso la forma della testa; aveva la barba lunga incolta, un po' bianca e un po' rossa, fumava sigari puzzolenti il cui puzzo si mescolava a quello di stallatico che si portava sulla persona. A guardarlo trasmetteva antipatia e angoscia. Il suo sguardo allucinato e il ghigno cupo lo rendevano inaccessibile, mai una parola con alcuno ad eccezione che con Teclè il suo aiutante tuttofare.

Che lo aiutava a strigliare i cavalli e a scaricare le proprie frustrazioni umiliandolo senza motivo con calci, insulti e sberle e il ragazzo era impotente alla ribellione senza rimedio.

Teclè plagiato e terrorizzato, non aveva il coraggio di scappare da quell'uomo a cui la madre lo aveva affidato per qualche spicciolo ogni fine mese, nella speranza che imparasse un mestiere. Il ragazzo, era teso, non per il lavoro pesante ma per i maltrattamenti che lo rendevano simile al suo "padrone".

Un pomeriggio verso le tre, le spighe dorate del grano, ondeggiavano nei campi carezzandosi e trasmettevano un senso di pace, a loro volta carezzate dal vento tiepido che soffiava increspando le acque brune del laghetto. Improvvisamente il cielo si oscurò come succede al tramonto in Africa, però non era l'ora del tramonto, sembrò che le lancette dell'orologio si fossero spostate dalle quindici alle diciotto di colpo, saltando le ore, e il cielo divenne grigio come al crepuscolo.

Lo spavento di tutti in quel borgo di periferia prese il sopravvento. Gli uccelli smisero di cinguettare e sparirono, i cani ammutolirono e un rumore fragoroso di infiniti battiti d'ali si diffuse nella zona accrescendo il disagio. Erano arrivate le cavallette! Erano centinaia di miglia, forse erano milioni! Una invasione spaventosa, ed io che avevo nove anni mi rifugiai dentro la Fiat Balilla parcheggiata vicino al cancello di casa.

I contadini sembravano impazziti per l'inquietudine di perdere il raccolto e uscivano dalle case con le ramazze, altri si munivano di taniche per fare rumore percuotendole con un bastone, altri ancora per amplificare il frastuono usavano i coperchi delle pentole battendoli come se fossero piatti da orchestra.

Il chiasso creato dai contadini e quello delle locuste trasformarono quell'angolo di città e di campagna, in una catastrofe improvvisa. Passarono cinque minuti dall'arrivo delle cavallette e dal momento in cui mi riparai in macchina guardando il cielo attraversato da milioni di locuste e dall'attimo in cui avevo posato lo sguardo sul campo di grano vidi che le spighe parevano angosciate, avevano smesso di ancheggiare come nel loro precedente balletto, ed erano ferme.

Successivamente a quei cinque minuti che rimasi accovacciato sui sedili rivolsi ancora lo sguardo al grano, guardai fuori, poi mi rivolsi dalla parte opposta perché non mi orientavo più, non capivo: il grano era sparito!!! Sparito del tutto! Le locuste avevano divorato tutte le spighe.

Era uno scenario premonitore di carestie e nefasti presagi. I cavalli di Capanna saltarono lo steccato imbizzarriti e nella stalla rimase solo l'asina. Alle nove della mattina seguente un centinaio di persone erano radunate nei pressi della baracca sulla collina e avevano modi di dire e di fare per associare al precedente disastro un ulteriore tormento, dato che Capanna era stato trovato morto sulla branda con un pugnale nel petto. Lo aveva ucciso nel sonno il piccolo stalliere che quando fu trovato e la Polizia gli chiese la causa di quel crimine, lui rispose: «Quell'uomo mi terrorizzava, minacciandomi che appena ne avesse avuta l'occasione mi avrebbe ucciso e scorticato per farsi due stivali neri! Ed io non voglio che la mia pelle diventi un paio di scarpe! La pelle mi appartiene, non ho altro!!!»

IL BIANCO HA SEMPRE RAGIONE

Un giorno del 1959, alle due di sabato pomeriggio dopo avere ricevuto la paghetta settimanale mi preparai per andare al cinema a vedere i tre spettacoli consecutivi che le sale cinematografiche della città offrivano. Salutai mio padre e mi avviai per la discesa del giardino di casa felice di recarmi all'appuntamento con gli amici Renzo e Silvio per andare a vedere *Robin Hood* con Errol Flynn, *I tre Moschettieri* con Van Efflin, Gene Kelly e Lana Turner, *Circus* con Jerry Lewis e Dean Martin. Fuori dal cancello attesi l'arrivo di un taxi. A quei tempi le Seicento Fiat Multiple erano adibite al trasporto pubblico senza sosta. Chiunque poteva fermare una vettura "al volo" anche se alcuni posti fossero già occupati. Il servizio funzionava per direzione della corsa e posto libero. Il taxi arrivò, si fermò al mio cenno ed era vuoto. Montai e chiesi al conducente di portarmi al Teatro Hailè Sellassiè! «D'accordo, però la tariffa è doppia» disse l'autista chiedendomi cinquanta centesimi anziché venticinque. Aveva ragione, il percorso era il doppio di quello considerato normale. La vettura si avviò e l'autista guidava con dedizione, dato che la vettura era nuova. Raggiungemmo un incrocio, avevamo la precedenza trovandoci sulla via principale, e ad un tratto si sentì un urto, la macchina sbandò dato che un altra ci aveva investito, per fortuna senza gravi conseguenze. Passati i primi attimi di sorpresa scendemmo. Si venne a creare una situazione di confusione: un uomo elegante si avventò contro l'autista del taxi gridando e dicendo parolacce con volto livido, perdendo l'aplomb di gentiluomo che a prima vista ne dava l'impressione. L'autista del taxi, sentendosi aggredito con tanta violenza si intimorì e assunse l'atteggiamento di un bambino che sta per essere punito con l'espressione di pentimento e colpevolezza, che non aveva.

Povero tassista, se avesse avuto la coda, avrebbe persino scodinzolato per accattivarsi le simpatie, e in quel frangente non fu capace di ribellarsi alla aggressione del personaggio elegante, sgarbato e violento la cui azione di protesta fu rapida e repentina tanto quanto la sua scomparsa dalla scena, poiché dopo la sceneggiata rimontò sulla sua Mercedes e si dileguò.

Il tassista rimase taciturno, un po' guardava me e un po' guardava il fanalino posteriore rotto scuotendo la testa. La vettura era nuova, l'autista giovane e un po' insicuro. All'ennesima occhiata che mi rivolse come per cercare una risposta, gli dissi: «Ma perché hai taciuto e non ti sei ribellato? Invece di subire, avresti potuto chiedergli che ti pagasse i danni e ti mostrasse l'assicurazione! Tanto più che, avevi la precedenza e che l'altro doveva fermarsi per rispettare i segnali stradali. Era l'altro che aveva torto, c'era il segnale di stop! Perché lo hai lasciato andare?» «Ah!...» rispose deluso l'autista etiope «Ho visto che quell'uomo è saltato fuori dal suo mezzo con tale decisione e aggressività e poi, come dire... ho visto che era un bianco, quindi ho pensato che la colpa doveva essere mia.» Sigh!!!

Questa risposta e l'avvilimento dell' autista erano scoraggianti. «Stupido!» dissi, benevolmente: «Dai monta, metti in moto e accompagnami, ormai ti sei fatto fregare!!!». Altre volte incontrai quel tassista che non volle mai accettare da me un compenso per trasportarmi. Eravamo diventati *quasi amici*.

STORIA PRIGIONIERA DEL PASSATO

All'Istituto Tecnico per Geometri Galileo Galilei della Scuola Statale Italiana di Addis Abeba le ore tredici segnavano il termine delle lezioni e un'aria di allegria entusiasmava i ragazzi in cortile che per cinque ore era rimasto nel silenzio e nella riservatezza. Le bambine delle classi elementari con grembiule bianco e fiocco azzurro, e i ragazzini in grembiule nero e fiocco bianco rompevano le righe festosi e correvano al cancello, dove i genitori aspettavano per riportarli a casa.

I ragazzi più grandi, dinoccolati e in blue-jeans ostentavano il pacchetto di sigarette "Vice Roy" per vantarsi che erano i più grandi, e che il prossimo anno non sarebbero più stati studenti. Il signor Gabrè era il bidello anziano che con scrupolosità vigilava gli alunni, istruendo gli altri bidelli affinché l'uscita dai cancelli avvenisse in modo ordinato. I genitori in attesa parlavano tra loro, tra le vetture parcheggiate e un "vu' cumprà", quando questo termine ancora non era stato inventato, si aggirava tra i veicoli con i cestini di frutta e verdura fresca per venderla ai *ferenji* (straniero europeo).

Tutti facevano parte di questo scenario senza regia e i compagni dell'ultimo anno si appostavamo in punti strategici per osservare le signore che scendevano dalle automobili e mostravano involontariamente le gambe. «Per me la signora Pierobon, ha le gambe più belle del mondo» pontificava Silvio mentre ragazzini di ogni età e colore si dirigevano verso gli automezzi dei propri genitori.

Altri ragazzi, con la cartella sotto il braccio, sotto un sole caldo data l'ora, si avviavano a piedi verso casa. Non tutti avevano la fortuna di avere genitori motorizzati e alcuni rientravano a casa a piedi o con un passaggio di un amico gentile.

Tra i genitori che venivano a prendere i figli ogni volto nascondeva una storia sepolta nel passato: erano volti anonimi come le loro storie, altri invece, ispiravano curiosità e desiderio di indagare sulle loro vicende per scoprire episodi stimolanti, pietosi e a volte crudeli. La seconda guerra mondiale era finita da qualche lustro, i giovani non sapevano niente di essa ma i nostri genitori l'avevano vissuta e tutti avevano qualche cosa da raccontare. "Passata la *festa*, gabbato lo Santo", si sa! Per questo era raro che quei volti si aprissero ad una presentazione dei fatti pregressi e di episodi che furono parte di uno scenario dentro il quale avevano sofferto rimanendoci contro voglia. Tra queste persone, uno in particolare aveva attratto la mia curiosità perché era il più disordinato, aveva sempre le scarpe sporche e screpolate, e il cavallo dei calzoni gli arrivava ai ginocchi. Camminava a testa bassa e le falde del copricapo impedivano di vedergli gli occhi che copriva con occhiali neri. La barba la teneva lunga e il naso storto e sottile sembrava soffiargli in bocca. Il suo cognome mi era noto perché conoscevo il figlio che frequentava le medie, si chiamava De Luciferi. Un cognome curioso effettivamente! Non lo conoscevo eppure trasmetteva disagio, e mi incuriosiva ogni volta che lo vedevo.

Non sapevo nulla sul suo conto e non avrei sospettato che fu protagonista di un episodio del passato bellico che coinvolse mio padre. Avevo notato che ogni volta che il mio papà veniva a prendermi a scuola il De Luciferi lo evitava, abbassando la testa nascondendola tra i risvolti della giacca e spariva, sembrava fuggire.

Notai questo comportamento molte volte ma non gli detti peso fino al giorno in cui vidi De Luciferi che capitato vicino a mio papà faceva di tutto per allontanarsi. Sembrava avere paura tanto che svanì tra la folla distanziandosi in fretta nascondendo il volto. Sul quale notai che lo sguardo onesto di mio padre, si posò, e una scintilla di compassione fiammeggiò nelle sue pupille.

La mia curiosità non ebbe freno, tormentai mio papà e dopo una perseverante insistenza riuscii a strappargli un episodio che come tanti era rimasto imprigionato nel passato.

«La storia si svolgeva nel periodo in cui, militari, civili e governativi, della Colonia Italiana in Africa Orientale non si trovavano più a loro agio con una situazione bellica e di occupazione incerta. Molti italiani erano scappati dai campi di prigionia inglesi in Kenya ed erano venuti in Etiopia a piedi tra pericoli e insidie della foresta e della savana, percorrendo migliaia di chilometri a piedi o a dorso di mulo.

Gli inconvenienti durante le fughe dai campi di prigionia attraverso la foresta erano molti e tra questi anche quello di legarsi ai rami degli alberi per dormire in piedi al fine di non essere morsi dai serpenti, per esempio. Tra i personaggi coraggiosi uno era il Capitano degli Alpini Alessandro Cannone che fuggitivo da un campo di prigionia inglese aveva raggiunto Addis Abeba. Le Autorità Inglesi nominalmente governavano ma non avevano il controllo del Paese dove gli italiani regolarmente iscritti nei registri di residenza potevano godere della protezione Imperiale Etiopica. Privilegio di cui il Capitano Cannone non beneficiava poiché fuggiasco e non residente. Cannone era un enologo e presentatosi a Corrado, a quei tempi uomo ricco e stimato tra gli italiani e tra gli etiopi, gli chiese sostegno e un lavoro nelle attività di sua proprietà.

Corrado, persona sensibile alle situazioni precarie dei connazionali, prese in carico il Capitano e lo ospitò in casa, sotto il falso nome di Mazzini, procurandogli documenti falsi per eludere i controlli degli inglesi che perlustravano le strade e le case in cerca di nemici italiani, evasi dai campi di prigionia. Tra mio padre e Cannone si stabilì un rapporto, di stima e di amicizia, e Cannone non era il solo italiano che mio padre aiutava e nascondeva in quella situazione di incertezza.

Un giorno di quel periodo di transizione bellica, nell'emporio di Corrado dove il Capitano fu messo a lavorare si presentò De Luciferi per fare acquisti e al momento di pagare il conto disse a Chandra, cassiere e contabile indiano, di addebitare le spese che aveva fatto, sul conto del Cannone, alias Mazzini. Iniziando così un percorso di ricatto, che si protrasse per alcuni mesi all'insaputa di tutti.

Corrado però, aveva notato che ogni fine mese il De Luciferi si presentava ai magazzini e dopo un breve e circospetto incontro con Cannone spariva per tornare il mese dopo.

Una di queste ricomparse da "esattore" fu anche l'ultima perché Corrado aveva capito e non pagò intenzionalmente lo stipendio al Capitano. Quando il ricattatore venne a riscuotere non ricevendo la somma come altre volte, andò in collera ed estratto un coltello lo puntò alla gola di Cannone, che lo esortava a tornare il giorno dopo assicurandolo che lo avrebbe pagato al fine di non farsi denunciare per clandestinità presso il Comando Militare Britannico. Operazione di lucro e infamia messa in atto dal ricattatore che aveva riconosciuto il suo Capitano di un tempo.

Corrado assistette alla scena stando dietro la vetrata dell'ufficio e quando raggiunse il Capitano per soccorrerlo, De Luciferi si dileguò minacciando e promettendo a Cannone che sarebbe tornato.

A quel punto il Capitano non poté più tacere, e raccontò tutto al datore di lavoro nonché amico, e insieme decisero di attendere e affrontare il mascalzone la prossima volta che si fosse presentato. De Luciferi non tardò, arrivò il giorno dopo, ma si rese subito conto che la presenza di mio padre non era casuale e anche questa volta tirò fuori di tasca il pugnale a scatto che non fece in tempo ad aprire perché un cazzotto della mano forte di un uomo alto un metro e ottantacinque, gli arrivò sul naso!

Il pugnale cadde, il Capitano lo raccolse mettendolo in tasca mentre Corrado prese De Luciferi per il bavero e sollevandolo letteralmente lo attaccò al muro dietro la porta di ingresso, per non essere visto e per non dare scandalo.

Gli dette due ceffoni e gli disse: «I tuoi ricatti finiscono qui, e questa strada per te è zona proibita e... bada bene che se gli inglesi dovessero venire a prelevare il Capitano, ti cercherò anche in capo al mondo!»

Il ricattatore quella mattina aveva perso il ruolo di esattore, le sue estorsioni furono interrotte per sempre e il suo comandante non fu più ricattato, né fu denunciato alle Autorità Nemiche.

Dopo un anno tuttavia, in città ci fu un blitz a rastrello per intrappolare i clandestini italiani, e nella rete inglese ne rimasero intercettati molti tra cui Cannone che diventava ancora una volta personaggio delle sorti incrociate con altri connazionali trasportati a Dire Dawa, campo di smistamento per prigionieri di guerra da trasferire in Kenya, in India e Sud Africa. Alcuni dei detenuti furono imbarcati sulla nave scorta inglese *Nova Scotia*, silurata durante il trasferimento a Durban dal sommergibile tedesco (U-Boot 177) e tra i 1200 passeggeri imbarcati 651 furono le vittime italiane che morirono nell'Oceano Indiano Meridionale.

I superstiti italiani furono solo 117, e che furono salvati nelle acque dell'Oceano Indiano abitate dagli squali, da un piroscafo portoghese. Uno dei superstiti rimase in acqua alcune decine di ore in attesa di soccorsi, questi era un militare che precedentemente insieme a Cannone fu nascosto al Nemico da mio padre, e che alla fine della guerra ritornò in Etiopia per rivisitare i luoghi delle sue avventure belliche, e venne a salutare Corrado al quale raccontò la funesta fine del Capitano nel campo di Dire Dawa.

In questo campo, quando si dice la sfortuna!, tra i prigionieri c'era anche De Luciferi. Che alla vista del Capitano non gli parve vero di realizzare la sua vendetta facendo circolare la voce che il suo ex comandante era un traditore "collaborazionista", una spia degli inglesi, quindi nemico della Patria Fascista. Quella notte nel sonno un gentiluomo veniva accoltellato e ucciso, gli fecero cappotto con un sacco, e un individuo meschino si rallegrava mentre qualcuno, caso volle che fosse il naufrago della *Nova Scotia*, lo udì commentare:

«Il Capitano, l'ho fatto fuori, ora mi resta da sistemare il Cavaliere!».

Queste parole furono riferite a mio padre da un testimone che alla fine della guerra volle avvisarlo di quella minaccia. Che non si verificò mai!

Questa è una storia, ma quante altre simili, peggiori o belle si nascondevano dietro quei volti che incontravo al cancello della scuola? E che rimarranno nascoste e prigioniere del passato! Come quella del testimone che si salvò dagli abissi dove naufragò la nave scorta *Nova Scotia*. E che rivisitando i luoghi di prigionia, venne a ringraziare Corrado, al quale raccontò la triste fine del Capitano, compagno di sventura più sfortunato.

PICCOLE STORIE IN DUE EPISODI

(Liliana e Filippo)

La Comunità Italiana in Etiopia era formata da gente di tutte le classi sociali, provenienti da tutte le regioni d'Italia ed erano rimasti in Africa dopo la parentesi coloniale, per aver creduto in quel posto al sole che gli avevano fatto sognare, una illusione difficile da eliminare insieme alla paura di rientrare in Patria con poche speranze di reinserimento.

Si sentiva parlare il siciliano, il piemontese, il romagnolo, il napoletano, eccetera, le professioni e i mestieri anche essi erano rappresentati tutti, dal medico all'avvocato, dal maestro al geometra dal fabbro al calzolaio e così via.

Alcuni figli erano nati da matrimoni della stessa etnia, celebrati in Italia o in Colonia, altri erano nati da unioni miste tra uomini Italiani e donne Etiopi. Da queste unioni omogenee e miste venne a crearsi una generazione italiana per *discendenza* paterna! Una parte era bianca, un altra in ragione della parte materna era più scura.

Quest'ultima, una generazione così detta di meticci, non sempre ebbe la fortuna di essere riconosciuta dai propri genitori, per motivi diversi. Alcuni bambini nacquero per avere avuto padri cialtroni e irresponsabili; perché si sa: molti uomini andavano e vanno in giro per il mondo seminando figli a destra e a manca, creando famiglie di comodo all'estero e mantenendo anche quella di "riferimento" in Patria. Non si giustifica perché alcuni individui all'estero identificano la propria sessualità con ossessione! Creando infelici per i quali la vita sarà in salita.

Molti bambini non hanno potuto conoscere il padre che si è dileguato appena resosi conto che la donna da lui sedotta o che si era fatta sedurre, era in stato interessante. A questi neonati le madri davano un nome italiano e in molti casi seppero superare se stesse, crescendo il figlio, mandandolo alla scuola italiana con grandi sacrifici, dignità e qualche aiuto dalla Comunità Italiana. Per altri bambini la vita si presentò in salita perché il padre fu ucciso in guerra, o fu fatto prigioniero, per non parlare delle leggi razziali che non permettevano il riconoscimento dei figli nati da unioni miste. Ciò non di meno il governo coloniale tra il 1920 e 1935 sentì delle responsabilità nei confronti dei figli naturali degli italiani non riconosciuti dal padre e diede ordini di assistenza da realizzare negli Istituti Missionari accollando la spesa al budget coloniale alleviando così il disagio economico di questi figli. Con questo comportamento il governo coloniale considerava italiani i figli identificati come tali indipendentemente dal formale riconoscimento da parte del padre.

Si ricordano casi di donne etiopi ed eritree che per salvare il proprio uomo dalla pelle bianca e padre del proprio figlio fecero il possibile per evitargli la prigionia o la morte. Vendendo i loro scarsi beni per procurare al loro "uomo" un passaggio in cammello o in *sambuco*, per farlo trasportare oltre confine. Tra questi ci fu un famoso personaggio della Storia Coloniale: Amedeo Gillet detto il "Comandante Diavolo", emulo italiano di Lawrence d'Arabia che malgrado il divieto delle leggi razziali fasciste aveva una moglie locale: Kadija, che alla fine della guerra ricevette dalla moglie italiana del Comandante omaggi e parole di gratitudine per avere aiutato il marito in anni difficili.

 Anche Montanelli, Guru del giornalismo italiano fu personaggio di questo scenario, e anche lui aveva la sua "madama" come tanti, e contribuì in seguito al negazionismo dell'uso dei gas da parte dell'Esercito Italiano, cosa invece sicura e testimoniata anche da Angelo

Del Boca con cui lo stesso Montanelli in seguito, dovette convenire e scusarsi.

Il "madamismo" fu un comportamento legato alla retorica virile implicando l'inferiorità femminile per contratto matrimoniale temporaneo. La guerra fu lunga, e le distanze separarono di più le persone assopendo i sentimenti e il senso di responsabilità. Alcuni genitori quando la guerra terminò fecero ricerche sui propri figli e sulla donna d'oltremare. Alcuni furono fortunati, altri no. Con il sopraggiungere della guerra italo-etiopica il comportamento governativo italiano cambiò velocemente lanciando una feroce campagna di propaganda contro quella che veniva definita *la piaga del meticciato* che sarebbe stata foriera di rovina per il progresso della civiltà. Per questo si emanarono le leggi razziali persecutorie del 19 aprile 1937 n. 880, 30 dicembre 1937 n. 2590 e del 29 giugno 1939 n. 1004 che introducevano le *sanzioni penali per la difesa del prestigio di razza*... Queste e altre norme razziste furono in seguito abrogate solo nel 1947 creando altre leggi per sanare i pregressi errori creando canali preferenziali per *il riconoscimento la restituzi*one della cittadinanza dei nati da unioni miste. Numerosi genitori si fecero onore, non solo non abbandonando i figli, ma riconoscendoli appena le leggi razziali furono abrogate, tutelando quei bambini e restituendogli i diritti naturali e legittimi. Questa generazione mista cresceva sana all'interno della Comunità Italiana che a differenza di altre comunità nel mondo, aveva creato un ambiente tale che parlare di comunità era un eufemismo, poiché si trattava di una società italiana incastonata in altro luogo a miglia di distanza che parlava la stessa lingua gli stessi dialetti, aveva la medesima religione, stesse barzellette, stessi giornali, scuole, abitudini, vitto, e via dicendo; insomma un *Villaggio Italiano d'Oltremare, con il cordone ombelicale mai reciso dalla Patria* *d'Origine, e ciò nonostante episodi di razzismo non mancarono.*

Questo fu possibile perché il Paese ospite, fu colonia e vi fu una infiltrazione della cultura e dei comportamenti italiani. Forse perché era un terreno vergine dove prima di allora non si erano succedute infiltrazioni di culture importate se non quella autoctona influenzata da quella Yemenita e quella Copta, che se pur complessa era in fase statica ma simile per indole a quella dei conquistatori.

Molti meticci bisognosi furono aiutati dalle Missioni dei Frati Francescani che crearono scuole di arte e mestieri, trasmettendo esperienza, morale, valore e rispetto per la vita Cristiana.

Tra queste persone sono da ricordare le suore Orsoline e quelle di Santa Caterina meritevoli, oltre il loro intervento missionario.

Altri meticci furono quelli i cui genitori rimasero uniti e che il calore familiare li rese più fortunati con una esistenza meno in salita. Era un ambiente di tolleranze, comprensioni e tra i giovani una buona intesa. Tra i banchi di scuola c'era di tutto! *Però c'era sempre un però.*

All'appello rispondevano i nomi di: Caravaglia, Rossetti, Cohen, Ibrahim, Zappalà, Tremaglia, Tringali, Bernini, Girone, Violante, eccetera.

Erano, italiani, meticci italiani, ebrei, un arabo... Erano compagni, giocavano e studiavano insieme, corteggiavano le stesse ragazze. Era un ambiente in cui i giovani si apprezzavano indipendentemente da chi fossero i loro genitori e cosa rappresentassero negli schemi della società.

La mancanza di pregiudizi dei figli non sempre rispecchiava i sentimenti e la cultura di alcuni genitori, che malgrado false attestazioni di liberalismo coltivavano remore, incertezze ed un velato razzismo. Che ricordo in due episodi, quello di Liliana, e di Filippo:

LILLY

Era il compleanno di Liliana, una sedicenne con gli occhi verdi e qualche lentiggine che la rendevano più bella, e benché giovane aveva un corpo di donna e si muoveva snella con passo aggraziato e felino.

Era l'ultima festa di compleanno a cui partecipavo come adolescente e altrettanto fu per Liliana con la quale avevo un feeling fatto di sguardi, carezze e piccoli baci di tanto in tanto.

Erano tempi in cui le effusioni amorose non erano ostentate con frequenza ossessiva e il riserbo era abituale, per deferenza del buon costume. Chi si accontenta gode! A quei tempi non restava che accontentarmi, anche se Liliana ed io qualche libertà ce la concedevamo lontano da occhi indiscreti. Eravamo innamorati da tre anni e, ahimè!, avremmo dovuto separarci di lì a poco perché i suoi genitori stavano per divorziare. Il padre sarebbe rimasto in Etiopia, la madre, Liliana e sua sorella Stefania invece sarebbero rientrate definitivamente in Italia.

Passarono alcuni anni e in via Merulana a Roma pioveva forte quel giorno, riparai in un portone vicino al posteggio dei taxi adiacente al piazzale di Santa Maria Maggiore. Chiusi l'ombrello e il mio sguardo incrociò quello di una signora appartata nel portone. Le nostre occhiate non si sbagliarono ci riconoscemmo: era Liliana! La rivedevo dopo otto anni e mi accorsi che non era più la ragazza che chiamavo Lilly, aveva una personalità diversa. Era bellissima, più di prima, e parlava in romanesco cosa che non faceva prima, si era sposata, aveva divorziato, aveva un bambino, e il suo sguardo era mesto.

Non avevo motivo apparente per rammaricarmi, ma ero triste e i nostri occhi si inumidirono mentre pioveva, come quel giorno del suo compleanno in cui eravamo abbracciati dietro le tende di un ripostiglio costretti a rimanere immobili, senza fiatare, e stringendoci forte le mani per la paura di essere sorpresi da sua madre che era rientrata a casa con tre amiche. Le quali si sedettero in salotto ed io riuscivo a vederle da uno spiraglio tra le tende. Liliana era pallida e le lentiggini sparse sul volto sembravano più evidenti, chiudeva e apriva gli occhi per guardarmi e sussurrarmi: «Speriamo che se ne vadano presto, perché non resisto a questa tortura». Dal salone si udivano grida gioiose degli amici venuti per il compleanno che nella sala accanto e in quella inferiore ballavano e si divertivano.

Le candele della torta erano state spente e non c'era il rischio che Liliana venisse chiamata; dato che il comportamento gioioso dei nostri amici lasciava presumere che la festeggiata fosse fra di loro.

Le amiche della madre di Lilly si confidavano pettegolezzi, e le loro cattiverie mi giungevano chiare. Il seno di Liliana gonfio e teso si appoggiava a me, mentre le nostre mani sudate si stringevano.

In salotto entrò la *mammitie* (cameriera in lingua amahara) con le tazze di caffè, squillò il telefono e la signora Cecilia, la padrona di casa, rispose. Chi telefonava era Matilde una ragazza italo-etiope amica di Stefania la sorella di Liliana. Matilde bella con la pelle color guscio di noce e gli occhi chiari, nella comunità italiana era la più corteggiata.

Aveva ventidue anni e molti pretendenti. Dalle risposte al telefono della signora Cecilia, si capiva che Matilde chiedeva di parlare con Stefania. «No, non c'e, però ti faccio chiamare appena torna, ciao, Matilde, ciao» disse Cecilia riattaccando il ricevitore.

E tornando a sedersi tra le amiche disse: Era Matilde Canali. «Ah, quella!...» rispose una delle tre pettegole, con superbia, alzando una mano all'insù' con un gesto simile a un saluto sufficiente e un cenno di distacco.

«Quella, che cosa!» ribadì irritata la madre di Liliana che oltre ad essere una furbona conosceva bene Matilde, la migliore amica di sua figlia Stefania. E la pettegola: «Ma... è sempre in giro, la invitano a tutte le feste... e poi è "mulatta"... si sa come sono fatte, no?!» Io da dietro le tende avevo udito e sbigottii!

Conoscevo Matilde che tra i giovani aveva la reputazione di essere seria e moderna, e non riuscivo a capire se quella signora si era espressa tanto per colorire i suoi pettegolezzi o per pregiudizio.

Francamente pensai che si trattasse di pregiudizio e di calunnia insieme. La signora Cecilia preferì non scivolare su un campo minato di simili meschinità e cambiò discorso, perché Matilde e la figlia Stefania erano sempre insieme e se avesse dovuto acconsentire che una delle due ragazze fosse una puttana, di conseguenza lo era anche sua figlia.

Da dietro le tende osservavo e ascoltavo e ad un certo punto la padrona di casa si offrì di accompagnare le amiche con la macchina poiché iniziò a piovere.

Lily mi strinse più forte esprimendo sollievo e solo allora ci rendemmo conto di quanto fossimo sudati mentre fuori pioveva, pioveva forte davvero.

Uscimmo dal ripostiglio, Liliana mi trainò in camera sua chiudendo la porta dietro di sé. Le gocce di pioggia bagnavano il selciato del posteggio dei taxi davanti a Santa Maria Maggiore, e in quel portone ci ricordarono il tempo passato. Le dita delle nostre mani si sfiorarono, arrivò il taxi che Liliana aveva chiamato poco prima quindi montò e la pioggia scendeva come le nostre lacrime, come pioveva forte, ancora.

Alcuni anni più tardi incontrai Matilde Canali, l'amica di Stefania, che faceva la pediatra, erano ancora amiche del cuore, rimaste legate e come sorelle e che i suoi bambini chiamavano zia Steffy.

FILIPPO

Il rapporto tra i ragazzi, delle classi superiori e i professori non era di permissività ma esisteva una elasticità di comportamenti ed espressione che ci faceva sentire più maturi. La mia classe era composta da sette italiani dei quali due erano meticci italiani.

Questa precisazione nella distinzione etnica implica che allora come oggi essere *bi-razziale* non è del tutto una situazione assimilata in quanto se una persona è di una certa nazionalità o colore dovrebbe essere superfluo specificare chiarimenti di origine, e in una ironia di linguaggio *non si può sempre ricorrere ai certificati D.O.C oppure D.O.P.* Frequentavamo il quarto anno dell'Istituto per geometri, eravamo tutti amici. L'ambiente per merito dei professori e dei genitori era il migliore che qualsiasi studente avesse potuto desiderare. Mai una volta in quell'ambiente etnicamente differenziato si verificarono forme di pregiudizio o discriminazione. Ad eccezione della circostanza in cui, Mauro il figlio dell'Ambasciatore si rivolse ad Amerigo, suo compagno di banco, con la frase: «Stai zitto, brutto negro».

La reazione a questa frase fu che Mauro prese una sberla da Silvio, figlio di padre e madre salernitani, residenti in Africa da oltre trenta anni e che era amico di Amerigo. Silvio e tutti i compagni non accettammo che Mauro, figlio dell'Ambasciatore, ostentasse ingiustificata alterigia e razzismo esprimendosi in quel modo. Con l'andare del tempo Mauro si orientò meglio, e quella sberla gli servì da placet per una dimensione nuova in un mondo multietnico.

Un nuovo quanto insolito episodio che sorprese tutti, anche se non fu portato alla ribalta fu quello raccontato dal professore di lingue straniere: Agos.

Un giorno eravamo andati a scuola anche nel pomeriggio e terminata la lezione di topografia ci trattenemmo col professor Agos a parlare della fine dell'anno scolastico, dei programmi e degli scrutini per i ragazzi che finivano le medie, e commentammo il grado meritorio dei ragazzi più diligenti.

In quella occasione il professore ci raccontò che durante la riunione degli insegnanti era stato testimone di una scena che non avrebbe creduto potesse accadere e che lo ferì.

Ci raccontò che per effetto delle valutazioni fatte dai professori, Filippo Lombardi, era risultato l'alunno più meritevole, ed era stato proposto alla commissione d'esame con la media del nove.

Tale proposta, non fu gradita dalla signora Colombo, insegnante di lettere milanese, che si scandalizzò per la presentazione di Filippo e fece commenti non graditi dal resto degli insegnanti e dal Preside. Il quale le chiese i motivi del suo isterismo e ossessivo dissenso. La Colombo rispose: Ma, signori, come si può dare nove di media ad un "mulatto" quando il massimo ottenuto da un ragazzo "italiano" è sette!!!».

«Si sarebbe dovuto ricordare alla professoressa che Filippo, era italiano anche lui, magari *con la pelle di luna*, ma ugualmente italiano *per diritto di sangue*» dissi io, interrompendo il racconto del professore. «No, non c'è stato bisogno!» rispose Agos, che continuò: «Il disappunto dei professori della commissione fu grande, e la signora Colombo venne rigorosamente contestata con vigore; e uno dei docenti (il Prof. Aristide Rossi) si infuriò fino al punto di perdere il controllo e inveire contro la Colombo al limite dell'aggressione fisica.»

Data l'età della Colombo era facile intuire che le letture della rivista *In difesa della razza* aveva suggestionato quella donna cresciuta nel periodo fascista, senza in seguito migliorarsi un pochino. Il fatto si riseppe nell'ambiente e da quel momento il desiderio di conoscere gli esiti degli esami di Filippo fu forte e tutti parteggiammo per lui.

Gli esami finirono, Filippo fu promosso e sui tabelloni in corrispondenza del suo nome era segnata la media del nove. L'anno seguente si notò l'assenza della professoressa Colombo palesemente allontanata, e tutti ne furono compiaciuti. Scoprimmo inoltre che Filippo Lombardi di mattina frequentava le lezioni, di pomeriggio studiava e la notte faceva il fornaio per pagarsi gli studi e da vivere dato che il padre tre anni prima aveva deciso di abbandonarlo per rientrare in Italia dove una pensione sociale gli era stata garantita.

Quella media del nove, Filippo Lombardi, la conservò fino al diploma di maturità, si laureò poi, al politecnico di Milano per emigrare negli Stati Uniti e divenire un professionista stimato.

TONQUAI, Il FATTUCCHIERE

(O bianco o morte)

Incaricato di eseguire un lavoro noioso ma necessario per stabilire i metri quadrati di intonaci e le quantità di vernice per ristrutturare le pareti interne dell'ospedale Menelik, passavo da un reparto all'altro tra i malati, alcuni avevano tubicini alle narici altri li avevano collegati alle vene delle braccia, mentre gli infermieri accudivano gli ammalati.

Si udì una sirena, arrivarono i portantini e altri infermieri che accomodarono un malato in un angolo della sala, al cui soffitto vi erano dei ganci che reggevano le tende che permisero di trasformare quell'angolo in una camera autonoma.

Il dottore visitò il malato che era un vecchio e ricco commerciante della zona che sembrava stordito, aveva gli occhi semichiusi e un colorito anormale.

Io per prendere le misure approfittavo dei momenti in cui non avrei dato fastidio, il medico lo conoscevo era uno dei migliori della città, aveva studiato a Parigi e prescrisse alcuni trattamenti che gli infermieri si precipitarono a mettere in pratica al vecchio signore.

Dopo i primi interventi il malato aprì gli occhi e muovendo il capo verso il medico lo guardò e fiaccamente aggiunse: «Dov'è il dottore?» «Sono io il dottore» rispose la figura minuta di lato al letto del paziente. Il malato per quanto grave, trovò le forze per raccogliersi su se stesso e inveì contro la figura nera che gli aveva detto di essere il dottore, e provò a sedersi ma non ce la fece, e l'infermiera lo riaccomodò sul letto.

Un sorriso sottile fendeva il viso del medico dalla pelle scura, con le tempie brizzolate e con compostezza lasciava percepire che simili episodi gli erano già capitati.

Prese il polso del paziente per continuare il suo lavoro, ma il malato si svincolò con uno strattone gridando: «No, tu no, tu non puoi curarmi, sei un *tonquai* uno stregone nero, non un dottore.»

Ci fu un momento di imbarazzo aumentato dalla seconda piazzata del malato: «Voglio un medico bianco, voglio un medico bianco, non uno stregone nero.»

Alla fine dovettero chiamare un medico polacco che era di guardia, per dare le prime cure a quel porcospino di rango nero e razzista.

Se fosse stato per me non gli avrei dato soddisfazione e gli avrei intimato: *o nero o morte*, lasciandolo friggere tra le cure del *fattucchiere*, che non ne ebbe a male e continuò il suo lavoro, pensando che tutto sommato quel malato, mostrava una eccessiva soggezione verso l'uomo bianco mentre, lui di questo si era da tempo liberato.

CINQUANTA DOLLARI DI PIETÀ

Un giorno mi alzai alle quattro del mattino poiché Rolando mi aveva invitato a trascorrere una settimana nella fattoria del padre in una zona interna dell'Etiopia, tanto che per raggiungerla era necessario percorrere settecento chilometri di savana e un tratto di deserto. Alle quattro e mezza Rolando con un fuori strada era davanti al cancello di casa mia, io ero pronto, salii in macchina e ci avviammo.

L'alba ci veniva incontro, ci dirigevamo a est verso uno spettacolo di colori e la savana si intarsiava nel cielo col sole giovane all'orizzonte, tra siepi spinose, ombrelloni di acacie e punte di agave blu che avevano l'apparenza di volere squarciare il cielo e strapparlo con i loro aghi. L'aurora dissipava sensazioni di pace che salvai nella memoria, bloccando tutto in un'immagine di benessere nello stesso tempo sterile, immobile e millenaria. Più la vettura si allontanava dalla città più rincorrevamo l'orizzonte, e questo panorama sterminato dava la dimensione dei nostri limiti provocandoci soggezione. Mentre il sole rosso alle prime altezze dell' aurora diventava bianco abbagliante e poi metallico di fusione, in una scala indefinita di gradazioni quando infiamma il proprio profilo nel cielo. Mandrie di zebù con la gobba fiancheggiavano la strada dirette ai pascoli, altre mucche magre e assetate erano dirette al macello insieme a capretti e qualche dromedario.

Gruppi di contadini al lavoro salutavano sollevando le braccia e noi rispondevamo continuando il viaggio in un paesaggio velocemente variabile. Sullo sfondo di quello scenario si ergevano alte cime montuose e ai lati della strada si allargavano campi di grano seguiti da quelli di granturco e di girasole. Le coltivazioni erano interrotte da altri campi incolti ma verdi di erba che ospitavano milioni di margherite gialle.

Più avanti il paesaggio cambiava, diventava aspro con macigni neri di basalto disposti in ordine sparso mentre una seduzione silenziosa avvolgeva l'atmosfera e l'ambiente, offeso dal passaggio sacrilego della nostra vettura. In lontananza si vedeva un'ansa del fiume Awash, possente e silenzioso che si distanziava per sparire dalla prospettiva e dalla morfologia del terreno; poiché nel tentativo di raggiungere l'Oceano Indiano si perde nei meandri del terreno sabbioso scomparendo nel sottosuolo plasmando le falde acquifere per centinaia di chilometri in Etiopia per immettersi in terreno Somalo nell'Ogaden dove l'acqua (*biyo*) è scarsa ma reperibile nei pozzi che le carovane dei Nomadi tentano di trovare con ostinazione e rabdomanzia.

All'improvviso un altro cambio e la savana si trasfigurava in boschi di alberi fitti e più grandi, con l'erba alta a sinistra e un lago senza fine a destra della strada. La superficie del lago era rosa! Pensai che si trattasse di un miraggio Invece era vero, il lago era proprio rosa! Rolando si fermò: un simile spettacolo andava goduto e fotografato. Guardavo con estasi, ma non capivo perché il lago avesse quel colore. Pensai all' inclinazione dei raggi solari, o a eventuali sali contenuti nelle acque di quel lago vulcanico.

La risposta venne dalla natura, poiché si alzarono in volo migliaia di trampolieri, in una nuvola di uccelli con un frastuono ritmico orchestrato a completare un gioco diretto da un regista invisibile, capace di dipingere e orchestrare in un solo tocco magico: armonia, suoni e colori. Quando gli uccelli si librarono in cielo riconobbi che erano flamigos e lo sciame sospeso in cielo lo colorava di rosa in una nuvola di uccelli sopra le nostre teste. I flamigos erano migliaia e al loro passaggio il cielo si oscurò.

Gli spettacoli della natura scorrevano veloci al ricorrente variare dei paesaggi rendendo il viaggio apparentemente più corto e avvincente tanto che Rolando ed io scambiammo poche parole durante il percorso sedotti da tanta bellezza. Giungere a destinazione era questione di poche ore quando: una sirena della pubblica sicurezza e un ambulanza ci sorpassarono generando un polverone e schizzando schegge dalla carreggiata che ci colpirono in un gettito di sassolini con fragore, ritmo e sequenza di mitragliatrice.

Più avanti, c'era un assembramento di persone, i fari delle vetture della stradale lampeggiavano e le sirene fischiavano malinconicamente, ci fermammo, scendemmo e lo spettacolo dell'evento che si presentava era triste: un uomo giaceva per terra, morto, e il passaggio delle due vetture che ci superarono poco prima erano state la conclusione annunciata di quella morte, perché in una zona tanto isolata era una condotta insensata sfrecciare a velocità discordanti con lo standard di quella strada rurale della Imperial Higway Authority.

Una cosa insolita attirò la nostra attenzione poiché il morto aveva sul petto una mazzetta di cinquanta dollari tenuta ferma tra la canottiera ed il petto da una pietra. La polizia faceva fotografie, prendeva misure, e le donne accorse dai tucul accanto alla strada intonarono lamenti funebri di dolore battendosi il petto. Il sole alto ustionava la pelle, la polizia terminò le investigazioni e caricò il morto sull'ambulanza dandoci il permesso di passare per proseguire. Riprendemmo il viaggio, e mezz'ora più tardi arrivammo a destinazione pensando alla mazzetta da cinquanta dollari sul torace del defunto. La realtà appena testimoniata non aveva un senso logico, era surreale.

La risposta al rebus non tardò ad arrivare poiché alla fattoria si fermò una vettura della Polizia Investigativa da cui scesero tre poliziotti che radunarono i guardiani, gli inservienti e i contadini della azienda agricola del padre di Rolando.

A queste persone fu chiesto se quella mattina avessero visto passare una vettura con a bordo due *ferenji* (persone straniere). La domanda fu posta perché dalle testimonianze dei pastori risultò che l'incidente sulla strada era stato causato dal passaggio di una vettura al cui interno gli occupanti erano di tipo europeo. I guardiani confermarono di avere visto questa vettura e uno di loro disse che aveva aiutato gli occupanti della macchina a cambiare una gomma bucata.

I poliziotti non persero tempo, risalirono sul loro veicolo e si misero in marcia nella speranza che l'automobile assassina non fosse molto distante. Il giorno dopo quegli stessi poliziotti ripassarono alla *farm* per rinfrescarsi. Il signor Nevio, padre di Rolando, li ospitò facendo servire acqua fredda, qualche panino e un frullato di papaia che offrì agli agenti di polizia e ai due tedeschi con le manette.

I due tedeschi erano quelli che avevano investito la persona e ritenendo di essere soli nella savana, apparentemente deserta avevano lasciato quella mazzetta da cinquanta dollari sul petto del malcapitato, e si dileguarono. Con quel gesto è probabile che i due *ferenj* avessero pensato ad un risarcimento per la famiglia e alle spese del funerale.

Inammissibile comportamento di uomini evoluti, degenerato in espressione meschina.

La sosta della Polizia e dei due tedeschi causò il raduno di persone della zona che incominciarono a inveire contro gli arrestati dai capelli biondi, ai quali fu lanciato qualche sputo, e qualche pietra.

Per scongiurare maggiori conclusioni di rappresaglia la Polizia decise di riprendere il viaggio. Si seppe, dopo, che il morto aveva tre figli piccoli e ci augurammo che nessuno mai avesse raccontato loro la storia di quel fermacarte di pietra sul petto del padre, disteso al Km. 922, morto con un premio di risarcimento e una manciata di pietà pari al costo di un breakfast di standard europeo, e non sufficienti a pagare neanche una umile cassa da morto di tavole di legno.

LEI NON È NATO!

(Non esistere: un'improbabile realtà)

Nel 1968 a Roma in una notte d'aprile non riuscivo a prendere sonno mi giravo tra le lenzuola che Albertina, la padrona della pensione, aveva stirato quello stesso giorno. Erano le due di notte, mi alzai aprii la finestra accesi una sigaretta nazionale senza filtro, vedevo il Colosseo, un profilo dei Fori Imperiali, il Celio e il Colle Oppio. L'aspetto imponente del paesaggio e l'aria fresca non mi calmarono. il disagio e l'imbarazzo, erano forti tanto che non riuscii a dormire fino al mattino. In quelle ore di insonnia pensai a ciò che mi era capitato e lo collegai ai racconti di conoscenti anziani, a cui non detti molto peso in precedenza perché li giudicai esagerati e faziosi. Quella sera i loro racconti di episodi di razzismo mi ritornarono alla mente e per quanto una parte di me li respingesse, un'altra parte si faceva più energica e cominciai a credere a quei fatti pregressi subiti da generazioni di meticci precedenti alla mia. Con divieti, con leggi sul meticciato, e discriminazioni. Mentre guardavo il Colosseo mi ricordai di Michele Buscemi, Arturo Caputo, Marazzani dei Conti di Modrone e tanti altri nati, prima e dopo gli anni Venti che mi rivelarono le prevaricazioni e vessazioni subite durante la loro gioventù in epoca Fascista e postcoloniale. Rabbia, delusione e scoraggiamento, mi invasero tanto che meditai di espatriare, e respingere l'umiliazione gratuita che avevo subito. Ma un senso di rivolta mi assalì, presi il telefono e composi un numero. All'altro capo del telefono rispose mio zio Alfredo, un avvocato, e gli chiesi un appuntamento per raccontargli la seguente storia:

Lo studio tecnico dove lavoravo mi aveva fornito un biglietto aereo ed un contratto per recarmi in Medio Oriente.

La scelta di essere inviato per un breve periodo all'estero, era dovuta al fatto che parlavo l'inglese e il francese ed avevo il passaporto in regola.

A nessuno venne in mente che non avendo adempiuto agli obblighi militari di leva fino a quel momento rimandati per motivi di studio, non potevo espatriare.

Il giorno della mia partenza mi presentai agli sportelli aeroportuali per il controllo dei passaporti. Il Maresciallo dalla guardiola dopo avere osservato il passaporto e un librone pieno di nomi mi disse: «Mi dispiace lei non può uscire, perché deve fare il Servizio Militare!» e mi avvertì di presentarmi al Distretto al più presto per evitare la denuncia di renitente alla Leva. Ritornai in ufficio, sorprendendo tutti e al mio posto fu mandato un altra persona.

Per mettermi in regola anche per il futuro del mio percorso di vita, incominciai una serie di investigazioni per vedere se avevo diritto all'esenzione dal servizio di leva in quanto orfano di padre, ed anche per sapere come regolarmi.

Le lettere e le richieste di informazioni inoltrate porta a porta, da un ufficio di competenza all'altro incontravano senza eccezione persone disponibili, ma disinformate, incapaci e timorose di darmi una soluzione, una risposta o un contenuto di legge che mi avesse potuto guidare e di cui ne avevo pieno e profondo diritto.

Il mio peregrinare tra scrivanie e funzionari mi portò presso gli Uffici di Reclutamento Militare dove un Colonnello mi ricevette e fu l'unico che nella circostanza seppe darmi indicazioni precise.

«Vede, mi disse, ho i dati che si riferiscono al suo caso e se non regoliamo subito la questione rischia di essere dichiarato renitente alla leva, che non è una bella cosa. Ciò nonostante, proseguì il Colonnello, ho trattenuto la sua pratica perché mi sono accorto che esistono delle discrepanze di trasmissione dei dati anagrafici da parte delle Autorità Consolari di Addis Abeba che li hanno trasmessi agli Uffici Militari ma non a quelli Demografici.

Pertanto è bene che si rivolga agli Uffici preposti al riesame delle pratiche incomplete al fine di regolare la sua posizione…»

Con simpatia il Colonnello aggiunse: «Lei deve recarsi al Ministero degli Esteri e chiedere del S.A.P, un ufficio creato per regolare discrepanze di questo genere che a volte accadono ai cittadini italiani nati all'estero.»

Contento di questo incontro, mi recai al Ministero degli Esteri e chiesi un pass per parlare con un Funzionario.

Presentai il pass all'usciere che mi fece accomodare su una panchina dell'immenso corridoio di fronte alla porta dell'ufficio dove avrei dovuto presentare il mio caso.

La porta era socchiusa e si vedeva che all'interno una scrivania era occupata da un signore che con gesti flemmatici leggeva un quotidiano. Il tempo per me era scandito dal lento voltar pagina di quel giornale.

Attraverso lo spiraglio della porta lasciata socchiusa osservavo e attendevo che venissi chiamato, visto che avevo chiesto un colloquio. Giunse l'ora di pranzo e fu l'usciere che avvicinatosi mi disse che era ora di chiusura e che se non ero stato chiamato era meglio riprovare il giorno dopo, che sicuramente sarei stato ricevuto. Chiesi se potevo tornare il pomeriggio ma mi informò che gli uffici erano aperti al pubblico solo la mattina. Il giorno dopo feci un altro pass entrai in quegli uffici così presto che vidi arrivare gli impiegati uno per uno.

Consegnai il pass all'usciere che aprì la porta dell'ufficio del dottore con cui dovevo parlare, e depositò la mia richiesta di colloquio sulla sua scrivania. Il mio interlocutore arrivò camminando a testa bassa, rimasi in attesa di essere chiamato, ma anche quella mattina passò, mentre il lento voltar pagina del quotidiano scandiva il tempo, come il giorno precedente. In quell'ufficio non entrava nessuno e il dottore anziché chiamarmi continuava a leggere il giornale.

Questa scena e situazione si ripeté ogni mattina di quella settimana, suscitando in me meraviglia e sorpresa. Atteggiamento notato dall'usciere che ogni tanto mi ripeteva: «Mah, non capisco!!! Avrebbe dovuto riceverla, di già!!!». Ero scoraggiato e non avendo lavorato tutta la settimana, mi trovavo alle strette con il denaro da versare alla pensione dove alloggiavo. Il lunedì seguente tornai al Ministero per sedermi sulla medesima panchina di fronte alla solita porta e all'arrivo del dottore, mi alzai e tentai di farmi notare salutandolo più ostentatamente, egli non rispose al saluto ignorandomi.

Mi sedetti e un altra mattinata volò via inutilmente.

Ero in preda allo sconforto! Il giorno dopo attesi l'arrivo del mio inaccessibile interlocutore sulla cui scrivania l'usciere aveva depositato l'ennesimo pass (il settimo) e dopo l'ingresso nel suo ufficio aspettai mezz'ora, poi presi coraggio e mi diressi verso la porta, bussai ed entrai chiedendo permesso. Il mio ingresso non fu totale: un piede aveva oltrepassato la linea d'uscio, mentre l'altro era ancora in corridoio e fui aggredito così:

«Chi le ha dato il permesso di entrare? Chi l'ha chiamata? Cosa vuole?» Le parole erano astiose pronunciate a voce alta e accompagnate da uno sguardo intimidatorio. Non sapevo che fare, né che dire.

Superato il disorientamento entrai deciso in quell'ufficio, rivolgendomi alla persona responsabile parlando sommessamente: «Vede, dottore ho un problema connesso alla trascrizione dei miei documenti da parte delle Autorità Consolari di Addis Abeba e gradirei l'assistenza di questo Ufficio Istituzionale al quale sono stato indirizzato dalle Autorità Militari...».

Volevo continuare la spiegazione, ma fui interrotto da uno scatto iracondo del mio interlocutore che chiuse il quotidiano sbattendolo sul tavolo e disse imprecando: «È inaudito, ma guarda cosa si deve vedere!» Una piccola pausa e poi sbottonandosi la giacca fumo di Londra disse: *«Ma quale Autorità e Autorità Militare, chi la conosce a lei, per me lei non esiste, lei non è nato!»*

La mia pazienza era giunta ai limiti, raccolsi tutto il coraggio e risposi: «Caro Signore, affermando che *io non esisto e che non sono nato* lei dichiara che non ho diritto ad avere i miei documenti e quindi neanche al mio nome, per caso?!»

«Certo!» rispose, muovendosi convulsamente sulla sedia.

Non seppi trattenermi e alterato dissi:

«Con quello che sta affermando potrei prenderla a sberle e nessuno potrebbe obbiettare perché se non esisto con chi se la prenderebbe?!» «Lei mi sta minacciando?!» imprecò il dottore mentre nell'ufficio entrò l'usciere che mi pregò di seguirlo. La situazione era quella... non vedevo sfoghi, né rimedio. Creare uno scandalo sarebbe stato controindicato e uscii da quell'ufficio. L'usciere chiuse la porta dietro di noi, era visibilmente addolorato, e mi sussurrò con l'accortezza di chi non vuole farsi ascoltare da altri: «Le consiglio di rivolgersi ad un avvocato» ed ebbi la sensazione che un simile maltrattamento doveva essere già stato riservato ad altri. L'alterazione psicologica che mi procurò questo

episodio disturbò anche mio zio Alfredo che mi invitò a recarmi nel suo studio.

«Hai fatto bene a rivolgerti a me» mi disse Alfredo e dopo mezz'ora nel suo studio mi porse alcuni fogli di carta bollata facendomeli firmare in bianco. «Mi servono, per denunciare il fatto» disse mio zio. Seppi più avanti che quei fogli furono redatti in una diffida in Pretura nella persona del Ministro Pro Tempore, per i fatti resi noti. Questa azione legale ebbe esito positivo immediato perché nel giro di una decina di giorni le discrepanze anagrafiche e di trascrizione furono regolate velocemente ed ampiamente, *ci mancherebbe altro, che non lo fossero!* In questa storia si negava ad un cittadino italiano per diritto di sangue l'evidenza di essere tale e malgrado le idee del dottore *io esistevo ed ero nato!* Avevo ventuno anni, e quell'episodio trasformò il mio ottimismo in risentimento contro l'intangibile e vischioso putridume che mi era stato vomitato addosso dal comportamento inequivocabile di quel funzionario nella cui morale erano rimasti i *rigurgiti razzisti del passato* che avevano contraddistinto e intossicato la sua gioventù nella credenza di dottrine recepite dal *Manifesto dei Razzisti,* stampati nel ventennio, o del *Progetto Sorgente di Vita* (*Lebensborn*) ideato da Himmler per l'affermazione della purezza nordica ariana. "Fai bene e scorda, fai male e pensa".

UNA BATTUTA DI CACCIA

(Cuori selvaggi)

Tra i colleghi di lavoro con i quali passavo le serate attorno ad una bottiglia di birra o un tonic-water, in compagnia di Emilio, Abramo ed altri, Achille era il più anziano aveva vent'anni più di noi che in media ne avevamo ventitré, ed eravamo in quel cantiere per costruire una super strada da Bedelle a Mattu nella regione del Caffa. Un territorio dell'Acrocoro Etiopico dove nasce spontaneamente la pianta del caffè (detto *bunna*) e da cui prende il nome la bevanda.

Achille veniva da Rieti ed aveva passato gli ultimi quindici anni della sua vita in Africa, era un perito meccanico diventato un esperto cacciatore di animali della foresta. Ed aveva raggiunto un livello superiore di capacità e competenze venatorie, aveva attrezzature, vari tipi di fucili e munizioni. Una notte venne a svegliarmi alle quattro prima dell'alba, voleva che lo accompagnassi in una battuta di caccia durante alcuni giorni di festa in cui il cantiere rimaneva chiuso. Accettai l'invito per non rimanere isolato al campo per un intera settimana e fare una nuova esperienza.

Il fuori strada, di Achille era attrezzato con scrupolosità, il figlio quattordicenne raggiante di gioia si era seduto nei sedili posteriori ed era vestito da gran cacciatore, aveva persino il cappello con la striscia maculata di pelle di leopardo.

Ci avviammo inoltrandoci nella foresta per ore. L'esperienza di Achille era indiscutibile per il modo con cui studiava il vento, la posizione del sole e per essere attento a qualsiasi rumore di cui ci spiegava la provenienza e la causa. Questa vacanza prometteva bene, e mi attendevo un piacevole diversivo alla quotidiana routine di lavoro in cantiere. Ma il secondo giorno e quelli che seguirono furono un tormento, e non avrei sospettato che nel padre e nel figlio si nascondesse tanta crudeltà. E quella che avrebbe dovuto essere una tranquilla settimana di svago si trasformò in tragedia per gli animali che incontravamo lungo il nostro percorso.

I miei compagni sembravano impazziti, sparavano a qualunque cosa si muovesse e ogni animale che colpivano lo abbandonavano per terra. Indimenticabile fu la scena in cui Achille a non più di venti di metri, feriva premeditatamente il ventre di una zebra.

Avrebbe potuto ucciderla subito colpendola in un punto vitale e invece la ferì di proposito per divertirsi, e intraprendere con lei una corsa folle nella savana fino allo spasimo della bestia che sfinita cedeva e crollava al suolo.

Il tracollo avvenne dopo una spericolata rincorsa nella quale più la zebra correva più gli si allargava la ferita della pancia dalla quale uscivano sangue, liquidi e budella.

Uno spettacolo atroce che le mie urla di protesta non poterono arrestare. Le mie grida di dissenso erano dirette ai due cacciatori che allucinati assaporavano l'ebbrezza che il terrore e la morte della bestia gli procuravano.

Non erano cacciatori ma carnefici fanatici, invasati e nulla avrebbe potuto trattenerli. La zebra crollò, Achille fermò la vettura e scattò delle fotografie. Pensai che dopo tanta fatica i cacciatori avrebbero scuoiato l'animale per appropriarsi della pelle, invece rimontarono in macchina lasciando il trofeo per terra in pasto agli avvoltoi che già volavano sopra le nostre teste. Quell'episodio era il preludio di altri comportamenti similari che mi rovinarono la vacanza. Il terzo giorno nelle ore pomeridiane, a settecento metri di distanza da noi, comparve uno scimmione, forse era un babbuino. Vidi che era grande, eretto sulle zampe posteriori e ci spiava incuriosito.

Achille prese un fucile lo caricò prese la mira e sparò alla scimmia. Si udì un colpo, il proiettile colpì l'animale che ignaro e incuriosito guardò il sangue sgorgare dal petto. Povero scimmione, non capiva!!! Forse voleva giocherellare, e posandosi una mano sul petto se la imbrattò di sangue, poi con gesto quasi umano come se ci chiedesse la ragione di quello scherzo ce la mostrò macchiata di rosso e crollò al suolo, privo di vita.

Con un ghigno di cattiveria e soddisfazione Achille ci invitò a montare in macchina esortandoci ad essere veloci perché uccidere uno scimmione è un'azione pericolosa, in quanto se il branco è vicino, le altre scimmie aggrediscono e uccidono gli assalitori del compagno. Montammo in macchina e ci allontanammo fuggendo di corsa.

Per fermarci dopo due ore in un piazzale per preparare la cena e allestirsi per la notte. Più volte le grida di rabbia e di protesta raggiungevano le mie labbra ma non riuscivo a dichiararle. Il timore di un litigio in mezzo alla foresta mi tratteneva dall'espormi ad un rischio che il fanatismo di quei cacciatori avrebbe potuto concludere tragicamente. Quindi tacqui.

Il quinto giorno raggiungemmo la zona dei leoni, la vettura fu lasciata in sosta in posizione strategica, il cacciatore più anziano preparò due fucili caricandoli con munizioni specifiche adatte al caso e mentre li caricava mi spiegava i pregi e le caratteristiche di quelle pallottole e alcune tecniche di appostamento; poi consegnò un fucile al figlio che aveva finito di legare un agnellino ad un cespuglio. Quell'agnello lo avevamo portato con noi sul tetto della macchina per fare da esca al leone. Non ero a mio agio, non avevo mai partecipato ad una caccia al leone ed ero preoccupato.

I due cacciatori si appostarono dietro alcune rocce e con costanza rimasero immobili nell'attesa, fin quando una leonessa sopraggiunse. Il felino si avvicinò all'agnello e due detonazioni secche, assordanti e precise ruppero il silenzio.

Le grida di gioia dei due cacciatori oltraggiarono di più quella pace religiosa, ora resa più sacra perché la regina della foresta era scomparsa. La leonessa fu assaltata fisicamente dai suoi carnefici che la scuoiarono, le tagliarono la testa e le aprirono il petto strappando con le mani il cuore caldo e palpitante. Achille con il cuore in mano si faceva fotografare dal figlio mentre mordeva il muscolo cardiaco mangiandone un boccone, poi lo porse al figlio che imitando il padre ne mangiò un altro pezzo, ne offrirono anche a me, ma rifiutai.

La pelle e la testa del leone furono chiuse in due sacchi di juta catramata e caricati sul porta bagagli, erano le tre del pomeriggio e d'un tratto si udì un ruggito. Comprendemmo che si trattava di un altro leone e Achille pallido in viso, ci esortò a montare in macchina rapidamente per darsi alla fuga. Mentre ci allontanavamo uno strattone fece ondeggiare la vettura. Era il leone arrivato improvvisamente che inferocito dal nostro intervento e dal crimine consumato: ruggiva vendetta!

Il padre di Vincenzo riuscì a mantenersi calmo e ad allontanarsi malgrado la terribile zampata che il leone aveva dato allo sportello. Ci allontanammo in fretta e in silenzio per ore, con la paura in gola.

Il cacciatore più anziano non staccava gli occhi dallo specchietto retrovisore per controllare la strada dietro di noi mentre il figlio tremava di paura come me. Incrociammo una pista battuta dai camionisti per il trasporto del caffè, e seguendola raggiungemmo un villaggio, dove facemmo sosta.

Quando scendemmo ci rendemmo conto che lo sportello di alluminio della Land Rover era testualmente intarsiato dalle unghie del leone che lo aveva inciso come se si fosse trattato di un apri scatole.

Ciò ci dette conferma che eravamo sopravvissuti a una tragedia.

Erano le prime ore della sera la paura l'avevamo lasciata indietro a trecento chilometri in quello spazio dove la carcassa della leonessa giaceva a terra decapitata, ed un agnello era stato lasciato per la cena di un altro leone, forse quello stesso che ruggiva vendetta e che invece dell'agnello avrebbe preferito sbranare: i cacciatori.

La posizione dove luceva una luce e il rumore di un generatore ci confermò che avevamo raggiunto l'unico albergo tra le baracche di fango e lamiera.

Entrammo nel locale chiedemmo due birre e una Coca-Cola e un ottantenne italiano, rimasto lì dai tempi bellici, ci venne a fare gli onori di casa, era il proprietario della bettola: *The Black Lion* come indicava l'insegna all'ingresso.

Quella notte dormimmo in quel "hotel", e Achille malgrado la presenza del figlio adolescente, non si fece scrupolo di avvicinare una delle donne dette "sciarmutte" sempre presenti e disponibili al bancone e ai tavolini del "bar". Il mattino seguente riprendemmo il viaggio in direzione del cantiere. Tra una buca e l'altra, un guado e qualche salto della vettura eravamo circondati da un paesaggio sempre affascinante che compensava il sacrificio patito.

Benché fossero solo le nove del mattino la pista diventò buia e si trasformò in un tunnel; accendemmo i fari ed entrammo nella foresta dove il varco creato dal reiterato e persistente passare dei mezzi rendeva il percorso simile ad una galleria scolpita tra le fronde degli alberi, alla cui fine si presentò uno scenario di inverosimile bellezza.

Ciò che vedemmo alla fine del tunnel era un "altare naturale" di forma circolare formatosi nel mezzo della foresta su un prato circondato da una parete di alberi. E al centro di questo fazzoletto di terra custodito dalla vegetazione, c'era una rosa bianca che pareva offrire i suoi petali al cielo come in preghiera. Gli alberi disposti in circonferenza erano *ficus* secolari che evidenziavano la loro potenza con le radici scoperte in un ricamo asimmetrico, ornando con armonia il prato come se fossero panchine. Quell'angolo di foresta ispirava solennità, e l'emozione di una intangibile e soprannaturale presenza che era nell'aria invitando i sopraggiunti a riflettere, ed elevare una preghiera al Creatore.

Tangenzialmente al circolo di quel prato, la strada si spostava uscendo dalla foresta, quasi per "togliere l'incomodo" e noi seguendola ne uscimmo benedetti poiché dopo tanta strage ritornammo sereni. Forse quello spettacolo fu di monito per il pentimento alle barbarie di Achillee figlio.

UN PONTE PER MOHAMMED OMAR IBRAHIM

(La scimmia che voleva pilotare l'aereo)

La costruzione della strada *Bedelle-Matu*, costruita con i fondi della Banca Mondiale fu completata con la stesa dell'ultimo metro di asfalto del tratto di 130 Km che attraversa una zona del sud-ovest delle Ambe.

Erano passati tre anni dal giorno che iniziarono i lavori e avrei voluto che quel periodo non terminasse, poiché alla fine di un ciclo che sta per concludersi ci si accorge quanto la sensibilità delle persone con le quali si è collaborato possa manifestarsi riconoscendone amabilità nei comportamenti di amicizia, di stima e rispetto ricevuti da esse che ti sono state vicine e che forse non vedrai più. È verosimile che partire è un po' come morire, e queste sensazioni non sempre si ripetono perché gli individui e i luoghi non sono sempre gradevoli e ospitali in tutti gli ambienti.

Ciò non era il caso di quel lontano luglio 1973 quando ricevetti la comunicazione di lasciare il cantiere in Etiopia per essere trasferito in un altro nel Sudan meridionale.

La circostanza non mi fu gradita, però feci buon viso a cattivo gioco, perché avevo necessità di lavorare.

Il capo dei servizi generali mise a mia disposizione una Land Rover modello 101 per recarmi ad Addis Abeba a più di mille chilometri di distanza. L'autista aveva ricevuto il foglio di marcia e relative istruzioni. Una di queste era di fermarsi a Gimma, Capoluogo della Provincia, e passare la notte al Ghion Hotel, per la prima tappa del tragitto.

Questo programma avveniva a mia insaputa e quando arrivammo a Gimma ebbi la gradita sorpresa di scoprire che il pernottamento era stato ideato dal capo-cantiere, mio affezionato amico di Morbegno, e da altri colleghi per una serata di addio con cena a base di *dorò-wott*, birra, vino, spumante e belle fanciulle che conoscevamo da tre anni. Il giorno dopo ripartii allegro e stordito per la baldoria serale e dopo un viaggio di undici ore tra paesaggi e flora amena, mi presentai presso gli uffici centrali per concordare la data di partenza per il Sudan e per ritirare il biglietto. La segretaria mi fece accomodare nell'ufficio del direttore amministrativo della filiale, che mi confermò che tutto era stato predisposto per il viaggio.

Avrei dovuto partire il giorno dopo per Khartoum.

Cosa che non fu possibile perché il mio passaporto era scaduto. Furono necessari alcuni giorni di attesa affinché il Consolato me lo rinnovasse e infine partii. Dopo un volo di tre ore da Addis Abeba che si trova a 2400 metri di altezza con un clima primaverile tutto l'anno mi trovai a Khartoum dove il clima è l'opposto e l'altitudine decisamente diversa.

L'aereo, un Comet De Havilland di pessima fama in quanto cadevano frequentemente per un difetto nella taratura della pressione, tanto che furono ritirarti dal commercio, atterrò, i passeggeri scesero, io non conoscevo il Sudan e quando mi affacciai alla porta uscendo dalla cabina fresca e ventilata dell'aereo ricevetti uno schiaffo in faccia dall'aria torrida e densa dell'esterno. Un senso di oppressione e un caldo aggressivo mi facevano sudare e i vestiti si appiccicarono alla pelle.

Finite le pratiche doganali e di immigrazione mi incontrai con il ragioniere Zucconi che era venuto a ricevermi.

Su una Fiat 124 ci avviammo verso gli uffici della sede di Khartoum. Un percorso di quaranta minuti per le strade asfaltate della città senza marciapiedi. Il traffico era disordinato, e la circolazione si svolgeva a sinistra, una delle eredità dello Stato Coloniale Inglese.

Non avevo patito tanto caldo in vita mia, il bagliore della luce solare era vivace riflettendosi sulla sabbia ai lati dell'asfalto e sulle pareti di fango delle case lungo le strade. Sentii l'esigenza di un paio di occhiali da sole, e non sopportando il caldo all'interno dell'abitacolo privo di aria condizionata, aprii il vetro dello sportello. Una folata di aria torrida come un soffio di vapore entrò in macchina e il ragioniere Zucconi mi consigliò di richiudere il finestrino e di non mettere il braccio fuori.

Tale suggerimento mi stupì e chiesi quale fosse la ragione del pericolo se oltre al vetro aperto avessi lasciato fuori il braccio appoggiandolo al finestrino col gomito verso l'esterno! Zucconi mi spiegò che a Khartoum una delle abitudini delle persone era quella di masticare una pasta di tabacco mista ad altri ingredienti che masticandola, creano un succo salivato che ogni tanto sputano dove capita e poiché in mezzo al traffico la nostra vettura era costretta a fiancheggiare gli autobus senza finestrini con "grappoli" di persone sedute all'interno ed altre aggrappate all'esterno, di tanto in tanto facevano la loro sputata colpendo il terreno nei casi più fortunati, o le vetture di passaggio, per cui era inadeguato tenere il finestrino aperto e lasciare il braccio fuori. Si correva il rischio di venire centrati e stigmatizzati da uno sputo.

Il giorno dopo mi dettero un biglietto aereo per il Sudan Meridionale e con un Focker a elica mi recai a Wau, capoluogo della regione meridionale del Baher El Gazal.

L'aeroporto era una pista di terra battuta, una manica di tela in un angolo segnalava la direzione del vento e un piccolo fabbricato in blocchetti con spigoli fuori piombo era la stazione aeroportuale. Mirko, un carpentiere friulano mi era venuto a prendere.

Montammo sulla vettura dopo averla caricata dei miei bagagli e ci avviammo alla Missione Cattolica presso la quale saremmo stati ospiti fin quando non avessimo terminato di erigere le nostre baracche nella zona del cantiere dove avremmo dovuto costruire un ponte in calcestruzzo precompresso sul Jur-River.

Nella Missione il vescovo cattolico, sudanese di etnia Dinka, aveva ceduto in affitto alla società costruttrice cinque stanze per ospitare i primi tecnici in arrivo, che si adattarono come meglio potettero in attesa della sistemazione finale del campetto che costruivamo tra difficoltà nell'avanzare con gli scavi e la palificazione delle fondazioni del ponte.

Ogni giorno facevamo un passo avanti e le strutture del ponte incominciavano a delinearsi.

Come di consueto quando un gruppo di persone inizia un nuovo cantiere, altre si accodano, e vengono a cooperare, altre si avvicinano per curiosare e fare amicizia o commerciare.

Tra questi il Capitano danese George, della Croce Rossa Internazionale, in collegamento con le Nazioni Unite era in quei luoghi per assistere i profughi delle zone limitrofe all'area confinante con l'Uganda, ai tempi di Amin Dada, "L'ultimo re di scozia," come dall'omonimo romanzo.

Con George facemmo amicizia e quando era libero da impegni e viaggi assistenziali si fermava a cenare con noi parlando di argomenti diversi e a volte osservavamo anche le stelle di cui conosceva i nomi ed ubicazioni celesti.

I mesi passavano e sopportare il clima torrido e appiccicoso era una sfida quotidiana; ogni tanto un serpente velenoso si affacciava sulle sponde del Jur River, molti ramarri multicolore, e tutti i giorni assistevamo allo spettacolo della balneazione degli ippopotami albini.

Gli ippopotami erano una mandria che risiedeva nel fiume a cento metri dall'asse del ponte che stavamo costruendo ed erano una specie protetta perché la loro pigmentazione era rosea. Per questo venivano detti gli ippopotami bianchi, essi uscivano dall'acqua quotidianamente si immergevano e riaffioravamo giocando e ignorando la confusione che facevamo poco distanti da loro. Il progresso dei lavori per quanto a rilento tra le difficoltà che si incontravano per la mancanza dei materiali, mezzi e attrezzature, non poteva che essere causa di lode per noi specialisti e avanguardie. Durante una lavorazione del turno notturno un operaio del gruppo rimase gravemente ferito ad una gamba. Erano le tre della notte, mi vennero a chiamare in camera per informarmi dell'incidente. Il capo cantiere era assente e io che ne facevo le veci non sapevo cosa fare! Non avevamo un infermiere e neanche la cassetta del pronto soccorso. In quella occasione compresi l'incoscienza di noi espatriati, che accettavamo di lavorare all'estero senza garanzie.

Dopo qualche minuto necessario per valutare la situazione decisi di andare al campetto di case che avevamo costruito per la Direzione Lavori e svegliai l'amico Mohammed, un ingegnere sudanese, funzionario del Ministero dei Lavori Pubblici, nostro controllore. Mi rivolsi a lui in quanto essendo del luogo, mi avrebbe potuto indicare un medico dei dintorni che avrebbe potuto risolvere l'emergenza.

Mohammed si presentò alla porta di casa con il camicione bianco, detto "galabia" che indossano i mussulmani, e ascoltato il mio problema mi consigliò di recarmi a Rumbeck, un villaggio distante quaranta chilometri su una strada con buche profonde e per giunta di notte nella savana. Mohammed mi assicurò che a Rumbeck avrei trovato un

Maggiore Medico dell'esercito sudanese, suo amico, che sarebbe venuto in cantiere per assistere l'infortunato.

Prese un foglio di carta vi scrisse alcune righe in arabo da consegnare al medico di quella caserma nel deserto. Il pensiero del viaggio mi sgomentava, perché avevo urgenza, il panico stava invadendo i tecnici che in qualche modo cercavano di assistere il collega ferito. Il generatore di corrente si ruppe e il campo rimase al buio. In breve aumentarono i fremiti di nervosismo e i meccanici si prodigarono per riparare il generatore, che era vecchio e già usato in altri cantieri.

Una trentina di candele vennero accese, qualche torcia a pile si muoveva nel buio reso più cupo dal silenzio notturno della savana in cui l'unico rumore era il rigurgitare delle acque del Jur River.

Mi feci coraggio e accompagnato da un collega mi diressi verso Rumbeck. Fatti i primi tre chilometri di gincana tra le buche, fermai la vettura e tornai indietro mentre il mio compagno si chiedeva perché tornassi al campo.

Mi ricordai che a Wau, il villaggio a pochi metri dal nostro cantiere, era residente Papasinos, un greco, che viveva costì da oltre trenta anni commerciando zucchero, sale, latte in polvere, olio di semi, farina eccetera.

Erano le quattro della notte mi avvicinai al portone della casa di Papasinos. Chiamai forte e bussai fin quando si presentò un uomo alto due metri, così nero che ebbi l'impressione di non averne mai visto uno più corvino. L'uomo a torso nudo mostrava sul petto delle cicatrici che raffiguravano un disegno. In mano aveva una sciabola ghermita con risolutezza mentre io con qualche parola di inglese e qualcuna di arabo tentavo di fargli capire la necessità di parlare col suo "padrone". Il quale si presentò senza essere chiamato di lì a poco con una pistola in pugno.

E quando mi riconobbe accese due lumi a petrolio che illuminarono il portico di ingresso della casa. In quel momento le cicatrici del guardiano si rivelarono sul suo petto con chiarezza, e mi resi conto che non erano cicatrici né tatuaggi ma era la pelle del petto che con perizia era stata sollevata e intrecciata fino a creare un cordone che si sviluppava in varie forme e disegni dall' altezza dei capezzoli all'ombelico, formando un basso rilievo di pelle umana.

La vista del disegno, da un lato mi affascinava dall'altro mi ripugnava e i miei occhi erano stregati da quello spettacolo. Papasinos si accorse di questo magnetismo e mi distrasse da esso dandomene la spiegazione. Si trattava di una usanza tribale della zona dei Baria e simili rilievi venivano fatti sulla pelle della persona per definire etnia, casta e grado dell'individuo. Spiegai rapidamente al commerciante greco il problema, quindi mi accompagnò a duecento metri di distanza da casa sua per bussare ad una porta al cui uscio si presentò un uomo magro, alto anche lui, con un paio di shorts colorati, in canottiera e ciabatte di gomma.

Questo signore era un medico, aveva il viso simpatico, solcato da due cicatrici verticali sulle tempie. Dio sia ringraziato, pensai, contento di avere trovato un medico. Il quale si equipaggiò in fretta prendendo la borsa e i medicinali, salì in macchina e venne in cantiere con noi. Allestimmo rapidamente una sala operatoria su un tavolo della mensa e tutti eravamo attenti ad osservare i movimenti precisi del medico che operava la gamba dell'infortunato. I meccanici erano riusciti a rimettere in moto il generatore, la mensa era sporca di sangue e mentre il medico operava ci disse di avvisare Khartoum per fare arrivare un aereo poiché ravvisava un'assistenza di tipo ospedaliero. Non avevamo la radio perché le Autorità Locali non ci avevano concesso il permesso, ed era impossibile comunicare con chiunque via telefono: non funzionava mai. Come avvisare la sede di Khartoum?

L'unica cosa da fare fu di rintracciare il Capitano danese della Croce Rossa e chiedergli aiuto. Mi recai alla Missione Cattolica dove George dormiva; lo svegliai e gli raccontai il caso. Lui si stirò i baffi, mi offrì un caffè e mi disse di non preoccuparmi poiché un aereo delle Nazioni Unite era programmato per quel giorno in un volo dall'Uganda verso Khartoum e che verso le ore nove avrebbe dovuto sorvolare la perpendicolare di Wau.

All'ora prevista George per mezzo della radio dell'U.N.H.C.R (Alto Commissariato delle Nazioni Unite per i Rifugiati) si inserì nelle lunghezze d'onda della radio dell' aereo chiedendo ai piloti suoi connazionali di atterrare. Sembrava un miracolo che nella savana invece di fare l'autostop si potesse fare l'aereostop. Alle nove del mattino, grazie a George l'aereo delle Nazioni Unite atterrò, malgrado fosse insorta un'altra difficoltà: i venti d'alta quota avevano creato una tempesta di sabbia che in quei luoghi chiamano: *Abub*, fenomeno simile al Khamsin in Libia, simile all'Armatan nel nord della Nigeria.

Una portantina preparata in cantiere ci permise di trasferire il ferito sull'aereo. Il medico, un collega ed io ci accomodammo sul Focker come meglio potemmo perché l'aereo era arrivato carico di profughi. Era un aereo senza sedili con panche di telo simili a quelle per il trasporto dei paracadutisti. Durante il volo uno dei piloti danesi venne a conversare con noi lasciando al posto di pilotaggio una scimmietta legata con una catenella ad un ancoraggio della struttura dell'aereo.

La scena era inverosimile! La cabina di pilotaggio non era separata dal vano passeggeri con un pannello né da tendine, e dal mio posto, vedevo un altro pilota assorto a leggere un libro mentre al suo fianco nell'altro sedile, una bertuccia toccava la cloche e faceva un salto da un sedile all'altro dove il secondo pilota annoiato la sgridava. Non era una scena comune, e il pilota avendo notato in me un'aria di perplessità mi rassicurò spiegandomi che aveva inserito il pilota automatico per cui qualsiasi gesto della scimmia non avrebbe causato danni. Per quanto rassicurato rimasi dell'opinione che la scimmietta sarebbe stata meglio in gabbia. Pensiero che si leggeva sui volti spaventati dei profughi che volavano per la prima volta, e si vedevano pilotati da una scimmietta che giocherellava tra gli strumenti di bordo a cinquemila metri di quota. Le occhiate dei profughi erano terrificate e non si spostavano dalla bertuccia. Qualcuno di loro tremava e forse in quei momenti avrebbe preferito rimanere in Uganda con Idi Amin, il tiranno omicida, piuttosto che vedersi trasportato da una scimmia.

Giuseppe, l'infortunato, fu trasferito in Italia a Bologna dove lo "misero a nuovo", tanto da consentirgli di ritornare in cantiere e lavorare, grazie alle cure e all'intervento del dottor Christopher che in canottiera e bermuda gli aveva dato il primo soccorso.

Il mio collega ed io, da Khartoum rientrammo a Wau a riprendere le attività quotidiane. Dopo qualche giorno venne a trovarmi in ufficio l'ingegner Mohammed del Ministero dei Lavori Pubblici, e dopo i soliti convenevoli era normale che il discorso cadesse sull'infortunato.

«Come sta Giuseppe?» mi chiese Mohammed.

«Bene, è andato tutto bene per fortuna, grazie al dottor Christopher.» Risposi, e dopo alcuni attimi pensandoci su e ricollegando gli eventi pregressi, aggiunsi: «Per fortuna che non ho ascoltato il tuo consiglio di recarmi a Rumbeck a prender il Maggiore Medico, altrimenti avrei perso tempo e pregiudicato la gamba del ferito.» «A proposito, continuai, tu non sapevi che qui a Wau c'è un medico!?» «Sì, lo sapevo, però è un *ginubi*!» mi rispose Mohammed. *Ginubi* in arabo significa persona del sud, meridionale!

Rimasi incredulo: Mohammed era nero, ingegnere laureato in Inghilterra e aveva una buona preparazione tecnica; mi scrollai da quello spruzzo di pregiudizio che mi aveva sbigottito, mi alzai con volto buio e rivolgendomi a Mohammed risentito, dissi: «Sei un idiota, e come tanti neri sei risentito per gli atteggiamenti di razzismo della gente occidentale, ma nel caso specifico ti sei comportato peggio col tuo connazionale solo perché cristiano, meridionale e più nero?! »

«Mohammed, continuai, ti ricordo che il dottor Christopher non è uno stregone, e anche lui ha studiato in Inghilterra come te? Ti rendi conto che egli ha salvato Giuseppe? E che per causa del tuo pregiudizio avremmo rischiato di ritardare di cinque ore il pronto soccorso al ferito, che per questo avrebbe potuto perdere la gamba o anche la vita? Mi dispiace Mohammed, avevo fiducia e amicizia per te, ora però, non desidero essere tuo amico e ti porgo i sensi del mio biasimo. Addio, non voglio più vederti!» Se Mohammed avesse potuto, in quel momento si sarebbe sepolto vivo, e con la testa bassa si diresse verso l'uscita dell'ufficio dove avrebbe fatto ritorno dopo lungo tempo.

Passarono tre mesi, Mohammed ed io continuavamo a vederci in cantiere sull'impalcato del ponte e ci ignoravamo, quando il faccia a faccia era inevitabile non ci salutavamo e alcune questioni di lavoro in cui eravamo coinvolti, le risolvevamo per interposta persona tramite i nostri subalterni.

Finito il Ramadan, quel periodo di trenta giorni in cui i mussulmani digiunano, Mohammed entrò in ufficio nello stesso modo come ne era uscito tre mesi prima, con la testa bassa. Sostò davanti alla mia scrivania e disse: «Buongiorno, posso sedermi e parlare con te?» «Certamente» risposi, «accomodati».

Chiamai l'*office boy* e chiesi di portaci due *sciai*, il thè arabo alla menta. Mohammed imbarazzato non sapeva da che parte iniziare ciò che aveva intenzione di dirmi. «Dimmi, *sadick* Mohammed" (*sadik* in arabo significa amico) che problema hai? Se posso assecondarti lo farò volentieri!» dissi.

«No, grazie, rispose, tu mi hai già aiutato e te ne sarò sempre grato perché tre mesi fa col tuo paternale: ho capito una realtà che molti africani ignorano, non riconoscendo di essere razzisti anche tra noi! Sono venuto per questo, per ringraziarti e chiederti scusa, ho capito, ho capito…»

Mohammed, non aveva finito lo *sciai*, aveva gli occhi umidi e non era capace di aggiungere una sola parola a quanto aveva finito di dire. Si alzò, mi strinse la mano con vigore mentre con l'altra mi stringeva una spalla, e questa volta uscì dall'ufficio quasi di corsa, ma con la testa alta.

UN DIPLOMATICO INDISPONENTE

(La mossa di Ninì Tirabusciò)

Nel Sudan meridionale, nel 1973 nella Regione del *Baher-El-Gazzal* non ancora indipendente e popolato in maggioranza da persone cristiane, il cielo era nuvoloso e il vento attutiva il caldo quel giorno meno ostile del solito. Si prevedeva una bella giornata ma l'arrivo dell'Ambasciatore in cantiere rovinò l'atmosfera per i suoi modi altezzosi e arroganti, salutando con la mano flaccida e volgendo la testa dalla parte opposta di chi era lì per ossequiarlo e prendere parte alla cerimonia per festeggiare il progresso del ponte che stavamo costruendo sul Jur River a Wau.

Arrivò anche il Presidente del Sudan Jaafar Nimeiry che con la costruzione del ponte intendeva creare un vincolo a simboleggiare l'Unione tra il Nord Islamico e il Sud Cristiano. Il Presidente visitò i lavori e si complimentò con i tecnici.

Il Direttore di Cantiere con l'Ambasciatore durante il rinfresco ripresero un discorso che avevano iniziato in precedenza riferendosi alla riparazione della piscina della casa del Diplomatico. Mio malgrado fui coinvolto dal direttore che mi invitava nei prossimi giorni a recarmi a Khartoum con tre carpentieri italiani a riparare la piscina. La cosa mi procurò noia, però a volte bisogna fare buon viso a cattivo gioco. L'Ambasciatore mi chiese se fosse necessario svuotare la piscina prima del mio arrivo: «Sì, sarebbe meglio svuotarla signor Ambasciatore.» risposi... nella sala mensa nel frattempo entrarono tre militari che si presentarono all'Ufficiale di sentinella del Presidente; parlarono in disparte e un colonnello seduto vicino a noi, fu chiamato nell'angolo dove si erano radunati i tre soldati e comunicarono in modo fitto tra loro. Il colonnello invitò il

Capitano danese George della Croce Rossa, presente alla cerimonia, chiedendogli aiuto poiché a qualche chilometro da noi ci fu un incidente e una macchina era uscita di strada.

George si prestò al soccorso e uscì con i militari per fare ritorno un'ora dopo. Al suo ritorno il Presidente informato sull'accaduto e in procinto di ritornare a Khartoum convocò George e lo ringraziò per il soccorso prestato alla sua gente. Il Capitano replicò che non aveva fatto nulla di eccezionale, aveva offerto un doveroso soccorso, al che il Presidente ridendo gli disse: «Vede, se al posto suo ci fosse stato un mio connazionale avrebbe prima ultimato il convivio e poi con calma sarebbe andato a soccorrere gli incidentati, ed è questo che vorrei trasmettere ai nostri giovani: *il comportamento.*»

Qualche giorno dopo con tre carpentieri andammo a Khartoum. Alloggiammo presso la Guest House dell'Impresa e il giorno successivo ci recammo a riparare la piscina, come da disposizioni ricevute.

Alle nove del mattino, eravamo già appiccicaticci di sudore, cosa consueta in quel Paese e ci presentammo a casa dell'Ambasciatore. Il quale era stato avvertito del nostro arrivo il giorno prima.

Ad aspettarci c'era un guardiano sudanese che ci fece entrare e ci mostrò la piscina ancora piena d'acqua, malgrado avessimo convenuto con l'Ambasciatore che l'avrebbe fatta svuotare.

La scaricammo noi, per valutare i danni e demmo inizio alle riparazioni. Sul bordo della piscina comparve l'Ambasciatore in abito bianco sembrava Peter Ustinov nel film *Top-Kapi* (senza simpatia però). Vicino a lui c'era la moglie, che nei lineamenti mostrava una età non più giovane, era in vestaglia e fumava una sigaretta inserita in un bocchino d'avorio richiamando l'immagine di Gloria Swanson nel film: *Viale del Tramonto*.

I tre carpentieri ed io quasi in coro dicemmo: «Buongiorno!» con deferenza, ma i padroni di casa non si degnarono di risponderci né di offrirci un bicchiere d'acqua dato il clima caldo e secco.

Questo atteggiamento si ripeté per quattro giorni consecutivi ogni mattina, e al nostro deferente saluto nemmeno un cenno di risposta.

Il comportamento del diplomatico era irritante per me e per i tre carpentieri. Il quinto giorno l'Ambasciatore mi apostrofò: «Venga qui!!» in modo militaresco da caserma. (Infatti ci dissero che proveniva dalla cavalleria.)

Uscii dalla vasca, mi avvicinai e dissi:

«Mi dica, signor Ambasciatore» e feci un cenno con la testa a mostrare ossequio. Egli dondolando sulle punte dei piedi e a voce alta, con i pugni in tasca mi disse:

«Quando si rivolge a me deve chiamarmi *Eccellenza*!» Ci fu un attimo di pausa e poi aggiunse: «Ha capito?!» e aggiunse: «E si tagli la barba, è troppo lunga!»

Quel modo di fare mi alterò e risposi:

«Egregio signore, le ricordo che il titolo di Eccellenza non esiste più e per quanto mi riguarda vada al diavolo a passo romano! Ha capitooo?!» aggiunsi qualche "o" in più dei suoi; misi le mani sui fianchi e accennai il movimento d'anca della famosa *mossa di Ninì Tirabusciò* e mi avviai al cancello per andarmene. Mentre aprivo lo sportello della macchina vidi avvicinarsi i tre carpentieri che mi dissero:

«Anche noi lo abbiamo mandato in *mona* (nella maniera dialettale del Nord Italia per dire "a quel Paese"), rientriamo con lei. La piscina a quello lì, non la ripariamo.» Io e i tre carpentieri non sentimmo più parlare dell'Ambasciatore sgarbato, che somigliava così poco ad altri diplomatici di quel rango che invece sono amichevoli e cordiali, e non creano imbarazzi.

Il commento del Presidente del Sudan: *Jaafar Nimeiry* quando disse "questo vorrei trasmettere ai nostri giovani: il comportamento" era in verità, appropriato a quel diplomatico cafone.

A THERAN E DINTORNI

(Un nero pel di carota)

Zaccaria Petrosian, un ingegnere iraniano cristiano ortodosso, aveva studiato a Parigi e apparteneva a una famiglia bene armena. Fu assunto in uno dei nostri cantieri in Iran che ai tempi dello *Sha-Reza-Pahlavi* erano diversi.

Zaccaria, voleva fare esperienza di lavoro, allacciò con tutti un rapporto di amicizia e come gli impiegati del Gruppo Costruttore usufruiva della mensa espatriati per contratto. Il cuoco ed alcuni lavoranti del catering erano espatriati europei, e quando capirono che Zaccaria era straniero, si rifiutarono di servirgli il pasto. Zaccaria chiese spiegazioni e non capiva quel comportamento. Uno dei cuochi gli disse: «Tu, qui no mangiare, tu andare mensa per neri» tale affermazione fu intollerabile, Zaccaria era biondo, aveva gli occhi verdi, la pel di carota e parlava tre lingue.

Il cuoco, nel suo cervello aveva acquisito un assioma secondo cui tutti coloro che non parlavano il suo "slang" e non avessero le sue abitudini erano stranieri e neri. Senza rendersi conto che si trovava in una Nazione dove il "nero", per così dire era lui, il cuoco, che per farsi capire "parlava come un nero" come quelli che alcuni registi o doppiatori di film facevano parlare da "boveri negri", appunto poveri con la "B". Questi comportamenti che ho verificato in giro per il mondo in decenni di attività nei Paesi esteri, oltre al sapore acre lasciano la sensazione che ciò non possa essere solo frutto di malcostume interpersonale, ma di razzismo a fior di pelle.

Il fatto più grave, nei casi che omologano l'indifferenza delle collettività e dei singoli, è di non combattere questi comportamenti per marginarli e renderli inusuali affinché l'abitudine non si trasformi in regola.

UN BEDUINO UN PO' ROMANO

Dopo due anni di permanenza in Iran a Teheran una città ricca di contrasti, con strade affollate di gente di ogni stirpe e colore che offriva lusso povertà e quant'altro. Rientravo in Italia per la fine del mio lavoro.

Pensai a Jasmine, una simpatica ragazza mussulmana, colta e moderna, chissà se anche lei fu costretta a portare il *chador* dopo la rivoluzione dei Pasdaran.

All'aeroporto un movimento convulso di gente era indice di progresso in marcia repentina di un ambiente rimasto statico per secoli che si sollevava dal torpore grazie alla vendita del petrolio.

Mi congedai dagli amici venuti a salutarmi e mi misi in fila con i passeggeri che dovevano prendere il mio stesso aereo. Il caso volle che fossi l'ultimo e attesi il mio turno seguendo la coda passo dopo passo. L'aereo era un DC-8 Douglas Alitalia i passeggeri in cabina si accomodavano nei sedili e la fila proseguiva ordinata nel corridoio dell'aereo.

Io ero l'ultimo e non avrei potuto oltrepassare gli altri, tanto più che a nessuno era stato dato un numero di posto prenotato. Infine la coda terminò e mi trovai in fondo all'aereo per sedermi all'ultimo posto, quelli attaccati alla parete della toilette, alla porta della quale era appoggiata una hostess che parlava con una collega nell'attesa del decollo.

L'assistente di volo appoggiata alla parete del gabinetto mi lanciò una occhiata squadrandomi mentre aprivo il compartimento dei bagagli per depositarvi la ventiquattro ore, e disse in dialetto romanesco: «Anvedi 'sto stronzo come se la pija comoda» con tono alto della voce.

La mia pelle in quei giorni di agosto era più bruna per il sole che avevo preso, e la hostess mi scambiò per un orientale. Non che ci fosse alcun motivo di negatività in questo equivoco, a parte la volgarità della ragazza.

Chiusi lo scompartimento per i bagagli a mano, pensando alla reazione che avrei dovuto avere per quel comportamento con cui la hostess si permise di apostrofarmi se pur pensava di non essere intesa.

Guardai l'assistente, che mi venne incontro battendo le mani in veloce sequenza come fanno le maestre quando mettono in fila i bambini e mi disse: «*Seat down, please, seat down*» e poi guardando la collega rimasta appoggiata alla porta del bagno aggiunse: «Aho!, ma tutti a noi ce Capitano 'sti beduini».

Rimasi disorientato nel pensare che sei mesi di sole tropicale mi avesse reso una abbronzatura invidiabile con una pelle nella quale mi ci trovavo bene, e che per questo motivo essendo stato scambiato per un beduino e uno stronzo, mi toccava subire una banale impertinenza per la quale avevo pure pagato il biglietto.

Pensai di osteggiare tale comportamento, mi accomodai nell'ultimo e unico sedile rimasto libero, presi il portafogli, estrassi un biglietto da visita e sotto il mio nome scrissi in italiano: «Sei bellissima, prova a telefonarmi al numero indicato! Firmato: tuo beduino, stronzo e un po' romano.»

Mi diressi dalla hostess e le consegnai il biglietto.

La ragazza lo lesse, diventò rossa e per la durata del viaggio fece in modo di non venire a servire presso i posti dove sedevo. Chissà se aveva capito che la stronza era lei!!!

KANO-BOLOGNA, RAPIDO DELLA NOTTE

(Un treno che non c'è)

L'Africa è talmente grande che le variazioni di clima, paesaggi, culture, vegetazioni e morfologia variano in tutte le latitudini e in ogni direzione, dal Sahara, alla savana, dalle depressioni alla foresta, dalle pianure agli altipiani, alle nevi del Kilimangiaro alla cima nevosa del Ras Dashan, è una selezione di bellezze, di colori di sentimenti e passioni dove le persone, escludendo quelle residenti nelle metropoli che sono drogate e sciupate, da "simulatore progresso", e vivono una realtà statica che si proroga immutabile nei secoli, fino ad oggi.

Gente semplice che si domanda perché non raggiunge livelli di sviluppo simili alle altre civiltà, che invece ci sono "arrivate" da più secoli. Queste persone semplici amano la loro terra ma le poche conoscenze geografiche non gli permettono di ubicarsi nel mappando moderno, economico e sociale. Però sono consapevoli di esserci anche loro in questo *condominio terrestre*, consapevoli che nei Paesi in cui vivono è tracciato il loro destino in maniera torbida e simulatoria.

L'Africa è un continente da amare, bisogna volergli bene spogliandosi dell' arroganza e abbandonando principi e formalismi che hanno evidenziato le negatività che frenano le aspirazioni di evoluzione ripetendo errori su errori.

Non sempre e non per tutti il continente africano è ridente e ospitale, ma adattandosi e solleticandolo, l'ospitalità e il sorriso che stanno sparendo possono rinascere. Molti occidentali non sono capaci di questo adattamento barricandosi dietro modi burberi a volte razzisti.

Alcune persone occidentali si adattano, altre rifiutano l'accesso e si ritirano, altre ancora si recano in questo Continente pensando di incontrare Tarzan, liane sospese, oppure pensano di incontrare un mondo descritto dai romanzi di avventura alla ricerca del tesoro, caccia al leone e rigogliosa vegetazione che offre frutti esotici, e l'albero del pane.

L'Africa è ancora questo, ma è anche fame e dolore, miseria, ignoranza, presunzione, malattie, corruzioni e abbandono.

L'evidente degrado ferì i nervi labili del geometra Canè, un tecnico di Bologna che stufo della consuetudine cittadina ordinata e civile, decise di mandare all'aria vent'anni di carriera presso l'Ufficio Tecnico Erariale e partire. Infatti rispose ad un annuncio sul *Corriere della Sera* che richiedeva tecnici per l'estero.

E ottenuto il contratto, dopo qualche giorno di preparazione per la partenza: dopo sei ore di viaggio in aereo il geometra atterrò a Kano, un Aeroporto Internazionale del nord della Nigeria.

Era il periodo di massimo calore e il sole picchiava forte.

Canè incominciò a sbuffare appena sceso dall'aereo, il sudore gli grondava da sotto i capelli e la camicia bianca gli si era appiccicata alla pelle, i pantaloni lunghi erano un problema perché dopo avere staccato la fodera dall'inguine sinistro aveva lo stesso problema con quello destro; in breve la fodera del cavallo dei pantaloni era insopportabile.

La fila dei passeggeri, mantenuta in ordine dal consueto burattino in divisa militare si dirigeva agli sportelli dell'Ufficio Immigrazione, e Canè continuava a passare da una mano all' altra la borsa e la racchetta da tennis.

Le lenti degli occhiali da sole si bagnavano di sudore e gli impedivano di vedere, decise di toglierli e la sua vista fu offesa dalla abbagliante luminosità a cui non era abituato.

Il tratto di fila in cui si trovava raggiunse l'interno degli uffici per il controllo passaporti, il caldo era insopportabile, e perlomeno era più confortevole stare all'ombra sotto il tetto del fabbricato.

La procedura di controllo passaporti a Kano è teatrale, una vera sceneggiata. Canè consegnò il passaporto e il biglietto di andata e ritorno al primo sportello come richiestogli.

Da questo sportello i documenti venivano spostati al secondo, poi al terzo e così via fino al sesto sportello. Ad ogni portello i passaporti venivano controllati, girati e rigirati da funzionari in divisa che con le loro logoranti verifiche rendevano penosa l'attesa.

Dopo cinquanta minuti che i documenti dei passeggeri circolavano al di là del bancone, Canè fu chiamato per nome e gli riconsegnarono biglietto e passaporto su cui avevano posto il timbro con la data di ingresso e il periodo massimo di soggiorno concessogli. Canè fu favorito dalla sorte essendo uno dei primi della fila.

Chissà quanto tempo avrebbero dovuto aspettare gli ultimi considerando che negli uffici ne facevano entrare dieci alla volta e che dall'aereo scesero duecento passeggeri.

Nel riconsegnargli il passaporto un funzionario gli diede un foglio di carta stampato da firmare, e il nostro passeggero estrasse dal borsello una penna d'argento e firmò. Il controllore fece un sorriso come quello del lupo cattivo e gli sfilò la penna dalle mani mettendosela in tasca e dicendo «*Thank you, master*».

Canè era cotto dal caldo, disorientato dalla confusione e dalla ressa di passeggeri che reclamavano i propri documenti starnazzando in quel mondo nuovo, ma non reagì, ne' avrebbe saputo come, e passò ad un'altra serie di sportelli per il controllo sanitario. La trafila e il procedimento furono simili a quelli già superati.

Passarono altri venti minuti e terminata la parte amministrativa di quel primo ingresso in Nigeria arrivò al reparto bagagli, dove riconosciute le sue valige le prese e le posò sul banco per l'ispezione doganale.

Un agente gli fece aprire prima una valigia poi l'altra e ad ogni apertura si creava la confusione: mutande a destra, calzini a sinistra e tutto doveva essere rastrellato per rimetterlo nei bagagli all'interno dei quali sembrò che le valige si fossero rimpicciolite; nulla andava a posto come prima.

Il geometra del catasto rimase sgomento quando un altro doganiere col sorriso simile a quello che gli aveva rubato la penna d'argento gli sottrasse da una valigia il gioco degli scacchi per metterlo sotto il bancone e appropriarsene.

Questo gesto fece ribellare il passeggero che non comprendeva l'ambiente in cui era capitato e la sua reazione fu aspra, protestò energicamente e così facendo sì fece arrestare. Lo portarono in una camera interna dell' aeroporto, una stanza buia senza finestre arredata con una sola sedia. L' aereo era arrivato alle sedici e il capo campo venuto a riceverlo, dopo due ore di attesa, si preoccupò non vedendolo uscire. Tanto più che la certezza del suo arrivo era stata confermata da un altro passeggero con il quale Canè aveva viaggiato fianco a fianco in aereo.

Ludovisi, così si chiamava il capo base, era esperto dei comportamenti degli ufficiali dell'Aeroporto di Kano e intuendo che il passeggero doveva essersi imbattuto in qualche imbroglione dal sorriso smagliante, si inoltrò nei meandri dell'aviostazione seguendo il percorso dei corridoi bui e stretti che altre volte aveva attraversato.

Arrivò davanti alla porta dell'Ufficio del responsabile dei servizi di transito al quale spiegò di avere perso di vista un collega appena giunto dall'Europa e nel mentre parlava gli mise in mano un biglietto da cinquanta Naira di quel periodo.

L'Ufficiale fece accomodare Ludovisi e uscì per tornare dopo dieci minuti con un sorriso che ricollegava gli estremi delle labbra dietro il collo, quasi a formare una collana di denti. E senza imbarazzo, si rivolse al capo base rassicurandolo del "rintracciamento" della persona che cercava, spiegando che la questione era seria poiché Canè aveva trasgredito i regolamenti doganali offendendo le leggi del Paese.

L'Ufficiale si spiegava strofinandosi le mani con godimento, pronto ad assaporare un altro biglietto da cinquanta Naira per il quale lanciava messaggi anche dai pori della pelle.

«Tu sai, come è la nostra gente *master*, bisogna accontentarli, se fosse per me ti giuro che il tuo amico sarebbe già libero. Però lui è stato molto "cattivo", ha offeso un doganiere coinvolgendo la categoria. E tu, Master, che ormai "sei dei nostri", sai bene come si regolano certe faccende!...».

Il capo base era abituato a simili ricatti, prese altre Naira e le diede all'ufficiale che con un movimento di negazione della testa fece capire che non erano sufficienti. Ricevette, quindi altro denaro e così Canè fu messo in libertà.

Dopo un pernottamento in un albergo della città, il giorno dopo di buon ora Ludovisi e il nuovo arrivato incominciarono un viaggio di sei ore per raggiungere il cantiere. La macchina non aveva l'aria condizionata, e quel caldo non preoccupava chi era avvezzo da anni a quel clima ma il geometra di Bologna non lo sopportava, ed era in ebollizione.

L'asfalto nero della strada fendeva il panorama. Grandi estese di terreno sabbioso con alberi rinsecchiti e sterpi erano lo scenario ricorrente, e alcuni alberi di baobab spogli di ogni foglia e frutti volgevano i loro rami nodosi al cielo in segno di protesta. Un colpo di vento di tanto in tanto, sollevava la polvere trasformando il cielo azzurro senza nuvole, alcuni attimi prima completamente terso, in uno specchio giallastro.

Mandrie di vacche rinsecchite con la gobba ciondolante e capretti pelosi si vedevano migrare per trasferirsi da un abbeveratoio a un altro. Per quanto l'immagine del deserto fosse minacciosa quel panorama era interrotto a tratti dalla presenza di caseggiati e villaggi, che evidenziavano la densità elevata di popolazione della zona. All'epoca nel 1980 la Popolazione Nigeriana era di 80 milioni oggi nel 2015 ne ha 120 milioni.

Ogni villaggio attraversato era caratterizzato da una fila di alberi alti e verdi le cui fronde lungo la strada avevano assunto la forma di calotta, per il frequente passare dei camion. Gli alberi formavano un "tunnel" ed era l'unico verde di quei villaggi in cui la gente vive di traffici e agricoltura.

L'unica strada asfaltata in questi agglomerati popolosi è quella interstatale, le laterali sono di sabbia compattata dalle ruote delle vetture, e sono delimitate da cunette intasate da barattoli, bottiglie di birra, scatole vuote di sardine e altri rifiuti. Altre cunette fungevano da fognatura a cielo aperto e riempivano, l'aria di odore fetido e insopportabile. I bambini giocavano sdraiati per terra, mentre nuvole di mosche assaltavano il loro naso, e gli occhi umidi e malsani. Ogni tanto in un angolo del paese si notava una vettura capovolta con le ruote per aria completamente cannibalizzata e arrugginita.

Mercati colorati con drappi esposti sui banchi e le spezie nei cesti mescolavano gli odori alla puzza delle cunette, altri banchi ostentavano pezzi di bue appena macellato con nuvole di mosche dal dorso verde bottiglia, che svolazzavano sui pezzi di carne appoggiati per terra mentre il sangue fresco colava sulla sabbia, formando rivoli confluenti nelle cunette piene di escrementi; questo era lo spettacolo che si offriva agli occhi di Canè. Ai bordi della strada, una donna sollevava il camicione colorato e senza accovacciarsi faceva la pipì in piedi come fanno gli uomini! Mentre il nuovo passeggero, si era sorbito tutto questo spettacolo la vettura rallentò, si avvicinò ad un corpo disteso sull'asfalto, l'autista lo scansò e ripartì a tutta velocità.

Il geometra stordito da quel nuovo mondo, non poté non vomitare: il corpo che aveva visto per terra e che l'autista aveva scansato era un uomo senza testa. Povero Canè! Arrivò al campo stordito, con gli indumenti appiccicati alla pelle per il sudore. Il capo-campo gli diede il benvenuto e lo accompagnò alla stanza assegnatagli, dove fece una doccia e si cambiò. Per quanto rinfrescato lo shock del viaggio aveva colpito la sua sensibilità, uscì dalla stanza, diede un occhiata in giro e vide un campo da tennis illuminato a duecento metri dalla sua abitazione.

Rientrò in camera, ricompose le valige le caricò con fatica e si diresse al campo da tennis. Entrò dentro l'area recintata dispose i bagagli accostandoli e ci si sedette sopra, rimanendo in quella posizione per due ore con lo sguardo fisso alla rete e al lampione centrale.

Alle due della notte, le iene fuori del campo ululavano e un guardiano che era rimasto ad osservare il comportamento strano di Canè decise di informare il capo dei servizi generali.

Il quale incredulo e infastidito per essere stato svegliato a quell'ora, si diresse al campo da tennis, si avvicinò all'uomo che aveva cosparso il pavimento di mozziconi di sigarette e gli disse: «Ma, cosa fa qui a quest'ora? Per Giove…!!!»

E Canè per nulla turbato, rispose candidamente: *«Aspetto il rapido per Bologna».*

Povero Canè, non aveva retto all' impatto con quel mondo, e il giorno dopo fu rimandato in Italia d'urgenza. Chissà, se mai si riprese da quel trauma e sia tornato a lavorare al catasto.

L'ESPERTO E LA SCHIAVA

(Schiave bambine)

Carfagna Angelo era un tecnico che al contrario di Canè, non fu ferito nella sua emotività, essendo più insensibile e capace di adattamento. Angelo era un pessimo esempio del genere umano! Era vanaglorioso, calzava sempre anfibi da caccia, calzettoni di lana, pantaloni e sahariana il cui colore originario avrebbe potuto essere kaki.

I capelli grassi e unti facevano risaltare la sporcizia personale, non si lavava e stargli vicino era un impresa di sopportazione per il cattivo odore. Entrare in camera sua era una iniziativa coraggiosa: i calzini erano sparsi sul pavimento insieme alle mutande sporche tra giornali e fumetti di *Diabolik* e briciole di pane sul letto.

Angelo era detestabile, la sua dialettica e le battute toscane volevano essere spiritose senza riuscirci e tutti sapevano che non dormiva nella sua stanza ma che passava le notti in luogo tenuto "segreto".

Giulio il più giovane del nostro gruppo scoprì "il segreto" e ci informò della seguente malinconica vicenda:

Lo sciagurato, una domenica si era allontanato dal campo espatriati inoltrandosi nel deserto, accompagnato da un operaio locale, inoltrandosi sulle piste che la pioggia e il vento cancellano, e dove solo la gente del luogo riesce a orientarsi.

Il motivo della "gita" verso un villaggio interno dove la gente non aveva mai visto un *bature* (uomo senza pelle, per definire un uomo bianco), era di acquistare una ragazzina illibata! L'acquisto era stato organizzato dal suo operaio, un po' mercante e ruffiano, e la sera di quella domenica: un esperto, il suo leccapiedi e la schiava rientrarono al villaggio del personale locale vicino al campo espatriati.

La "schiava", era una bambina, che nel 1978 fu pagata mille Naira al padre che aveva tre mogli e molte figlie da sfamare e per questo si "liberava" della più grande: una bambina di tredici anni.

Il tecnico aveva programmato tutto e si era fatto costruire una baracca di lamiere quattro metri per tre, al cui interno installò un letto, un tavolo e tre sedie. Uno scenario squallido quanto la situazione che quell'uomo aveva creato nella sua lordura fisica e morale ostentando baffi e pizzo alla D'Artagnan.

La bambina "comprata" per pochi soldi, in un solo giorno si trovò strappata e trasportata tra gli "extraterrestri", poiché non aveva mai viaggiato in macchina ed in meno che si dica si trovò a duecento chilometri dal suo villaggio di cui non conosceva il nome né la posizione rispetto a quello nuovo in cui la condussero, per soddisfare il tagliando settimanale dei bassi istinti di un uomo che avrebbe frequentato solo per qualche mese. A quella bambina fu tracciato un destino disumano a sua insaputa e da quei momenti in vanti non avrebbe avuto un futuro.

Davanti a lei: il nulla! dato che in breve sarebbe rimasta sola, abbandonata, e umiliata. Senza speranza di appello e di giustizia, senza una capanna e con la sola possibilità di prostituirsi tra le baracche di espatriati dove erano alloggiati altri Carfagna.

Giulio il più giovane tra noi, rimase scosso da questa storia e con angoscia ripeteva: «Siamo nel 2000! E tra noi qualcuno va in giro a comprare "schiave bambine"!!!»

La reazione inquietante di Giulio ci contagiava oltre modo, ed eravamo tutti disturbati. La condanna davanti a Dio,

Angelo Carfagna se l'era scritta con la sua insanabile condotta.

UN PICCOLO PRINCIPE NERO

(Un piatto di rigatoni in una notte tempestosa)

Recarsi in Africa per la prima volta, l'impatto con la natura, la gente ,i modi e i costumi influenzano giudizi e impressioni secondo tonalità diverse in funzione del Paese che si visita per primo e in relazione alle esperienze interpersonali. Quasi ovunque l'ospitalità dello straniero è sacra, almeno lo era fino a qualche decennio fa prima che le civiltà occidentali, orientali, e altre, avessero concorso ad avvelenare gli animi di persone, semplici, trasformandole.

Poiché esse non sono immuni né organizzate contro gli attacchi delle opportunità del progresso, che incidono sui lori animi rafforzandoli nella violenza e nella corruzione, e prendono coscienza della realtà unendo sentimenti di rancore e risentimento.

Il progresso non assimilato e sviluppato a velocità asincrone ha trasformato parecchie persone del Terzo Mondo in anime in pena che vivono nelle grandi metropoli e crescono nel disordine, nelle malattie, e sporcizia. Dove il concetto di legge e regolamenti sono feticci da raggirare e usare a scopi illeciti.

L'africano, aveva un sorriso pronto e la disponibilità che lo rendeva un amico collaboratore, ma ora sta sparendo con la sua più grande risorsa: la semplicità. Svanendo in una mutazione non selettiva, per assorbire cattivi sentimenti e comportamenti presi dalla parte peggiore delle culture occidentali.

Ostentando per cultura: vetusto folklore, danze tribali e colori che non cambiano mai, come gli alberi secolari dei Baobab nella savana che per mancanza di acqua sembrano infuriati e gridano rabbiosi attraverso i rami secchi senza foglie che si ergono al cielo implorando e imprecando.

È singolare, che tanti africani plagiati dal razzismo siano i primi a praticarlo con i propri simili, solo perché un segno o una cicatrice in più sul viso o sul petto li colloca in aree diverse della loro Nazione nel loro continente per riconoscersi africani ancora prima di riconoscersi all'interno della propria Nazione.

Innegabilmente, l'uomo bianco, avendone la capacità, non ha aiutato ad appianare il percorso del passato, per raggiungere un punto di incontro tra varie popolazioni e con la propria.

Al contrario, da quello che si legge e si ascolta l'uomo occidentale ha diviso e marcato confini accentuando differenze ovunque, (in Oriente, in Asia, in America) per i giochi di potere. Creando confini impropri, mischiando e tagliando nazioni, creando faide, scontri e guerre fratricide che si riflettono nella nemesi della immigrazione incontrollata.

L'impressione è che il mondo un giorno dovrà fare i conti non solo con il cibo ma con le aree disponibili e a quel che si percepisce i popoli dei Paesi più avanzati consumano beni e cibo oltre la loro reale necessità, creando panico e paura facendo presentire la mancanza improvvisa della terra sotto i piedi.

E mentre tutto scorre i movimenti razzisti tentano di risorgere, e chi non è segregazionista va al saccheggio per procurarsi denaro, fama e gloria proponendo la propria civiltà di consumo ai Paesi sottosviluppati.

Questo sistema egoista e insensato crea uomini corrotti in occidente e li fa crescere e nascere anche in Africa e altrove, facendo della corruzione un' accademia e un etica di vita, lasciando le masse alle amministrazioni disordinate, senza principi, senza valori. Dove la pratica corsara dell'arrembaggio diventa il principio fondamentale.

Le persone di insufficiente autonomia in ogni luogo si diffondono creando un mulinello di emigrazioni e immigrazioni, e mentre quelle occidentali costituiscono una emigrazione di lusso quelle del terzo mondo sono immigrazioni di terza classe e diseredati.

I primi esportano principi di superiorità consolidata, intolleranza, corruzione e malafede, ricevendone altrettanta; lasciando spazio anche alle operazioni di carità. I secondi esportano immagini di fame, di arretratezza, forza lavoro, e i meandri della miseria sono argomenti che riempiono quotidianamente le cronache dei giornali, insieme alla tragedie. Che si verificano nel Sahara e non solo nel Mare Mediterraneo ma anche nel Mar Rosso e nell'Oceano Indiano.

Mi trovavo a Rima ai confini con il Niger in un villaggio governativo nel Nord della Nigeria. L'illuminazione era prodotta da un generatore di energia che forniva elettricità ad una ventina di case per funzionari del Governo Nigeriano.

In quell'area, dopo una giornata di lavoro per andare a dormire in albergo o cenare in un ristorante sarebbe stato necessario percorrere trecento chilometri di pista polverosa piena di buche. Per questo i tecnici espatriati furono ospitati in alcune villette del Governo, al fine di facilitarne la logistica e gli spostamenti. La sera, in una di queste villette, i tecnici potevano farsi la doccia, rinfrescarsi e cambiarsi prima di mettersi a tavola. Un cuoco nigeriano con esperienza di gastronomia appresa da un cuoco italiano in altri cantieri, cucinava con maestria.

Nella sala principale vicino a qualche tavolo imbandito i tecnici sedevano in attesa che il pasto venisse servito, quasi sempre parlavano di lavoro e di incontri per il giorno dopo per risolvere questioni tecniche e operative. Qualcuno preferiva appartarsi ed esaminare le lettere ricevute dai propri cari, altri monopolizzavano quattro sedie, un tavolo e un mazzo di carte napoletane per giocare a scopone scientifico. Una sera il cuoco portò a tavola rigatoni al pomodoro e basilico mentre fuori pioveva abbondantemente con impeto tempestoso.

I presenti, mossi dalla fame e dall'odore di basilico si affrettarono a sedersi. Incominciammo a mangiare quando bussarono alla porta e Ruggeri, un veneto grande e grosso tuonò: «Chi è che rompe i coglioni a quest'ora!». Erano le nove e mezza della sera, la porta si aprì ed entrò un uomo col turbante e un mantello nero elegante, inzuppato di pioggia.

Altri due uomini grandi con scimitarra e turbante rimasero fuori, sotto la tettoia riparati dalla pioggia. Tra noi commensali nessuno aveva visto prima il piccolo uomo, e i presenti, per lo più erano appena arrivati dall'Europa, con nessuna esperienza di estero.

Il più anziano tra noi era Ruggeri un capo meccanico dai modi burberi, privo di grazia e qualsiasi profilo di educazione. Era un uomo i cui rapporti con gli africani erano di amore e odio. Non si capiva se li rispettasse o se li odiasse; in ogni caso li maltrattava sempre.

Una cosa, era certa, e cioè le persone che lavoravano con lui lo rispettavano poiché Ruggeri insegnava loro il mestiere senza reticenze. Cosa che gli africani apprezzano. La realtà più strana era che Ruggeri a modo suo nutriva affetto per i suoi operai locali che maltrattava e insultava. Così come maltrattava, forse anche peggio, il collega inglese, e qualche connazionale che non gli andava a genio. Quella sera senza saperlo la fece grossa! Si alzò di scatto e rivolto all'uomo inzuppato di pioggia che stava per dire qualche cosa, lo aggredì in termini e modi non urbani, fino a gridargli: «Vattene fuori, brutto negro!».

Questo comportamento deluse i presenti e per qualche istante detestai Ruggeri. Eravamo in Africa e quel meccanico espatriato si permetteva di dire "brutto negro" a un africano che non conosceva né sapeva chi fosse. Mi alzai e mi diressi verso l'uomo con la mantella a ruota per nulla spaventato e se pur non aveva capito le parole ingiuriose, aveva ricevuto i sensi di ostilità e le vibrazioni negative sprigionate dal capo meccanico.

Lo sguardo della persona sconosciuta era fiero, padronale e osservandolo negli occhi si leggevano i sentimenti di una persona offesa e allo stesso tempo delle venature di irritazione si delineavano sul suo viso, trattenuta senza manifestarla come solo un principe può fare.

Quell'uomo era il *sarkin,* una specie di *shogun* della zona, Principe di quella vasta area in cui il progetto a cui partecipavamo era incluso.

Quando gli parlai e capii chi fosse ebbi timore per Ruggeri che nel frattempo si era allontanato per affogare le sue frustrazioni nel piatto di rigatoni.

Il direttore non era presente quella sera, ed il Principe seguendo l'usuale modo di fare africano comune anche in altri Paesi secondo il quale gli appuntamenti e le visite non hanno una data né un ora prestabilita, si presentò per incontrarsi col suo amico direttore, senza avvisarlo e non curandosi di scegliere un'ora decente.

Un collega che aveva capito la eccezionalità della circostanza venne ad aiutarmi per fare gli "onori di casa".

Invitammo il Principe in un'altra stanza, gli offrimmo un piatto di rigatoni e continuammo la cena con lui. Malgrado il suo comportamento sul rispetto dell'orario di visita, il principe era simpatico, ci disse di avere studiato in Inghilterra per qualche anno e fu molto cortese.

Quell'*omino* per leggi e tradizioni locali era una autorità politica e religiosa con potere di vita e di morte incondizionato su tutta la zona, su cose e persone. (Anche Totò Riina ha diritto di vita e morte per tradizione arcaica e anche lui fa favori! E da questo punto di vista anche la Sicilia è strana!)

Passarono tre mesi dopo quella sera e Ruggeri con il fuori strada investì un ragazzo che gli attraversò la strada improvvisamente.

Lui e la vettura furono sequestrati dalla polizia. La famiglia del ragazzo ucciso reclamò giustizia.

Ruggeri stava rischiando molto e fu per mediazione del direttore di cantiere che recatosi dal suo amico *sarkin* gli chiese di assisterlo e trovare un accordo con la famiglia del ragazzo morto nell'incidente.

Il Principe si recò di persona dai consanguinei del giovane investito, parlò con i genitori per ore e ore e trovò un compromesso per salvare Ruggeri da un lungo periodo di prigione e dalla vendetta della famiglia del ragazzo, che essendo mussulmana avrebbe potuto pretendere secondo la legge islamica, la vita dell'uccisore, secondo la legge del taglione.

Il capo meccanico fu messo in libertà, con le garanzie di sicurezza. Fu così che Ruggeri venne salvato da quel "brutto negro" che in una notte tempestosa tentò di cacciare fuori casa durante la tormenta.

Ciò dimostra che le relazioni interpersonali, in questo caso hanno prevalso, e che anche nel deserto e in luoghi sperduti e amministrati secondo leggi arcaiche fu possibile appianare un caso difficile, grazie alla mediazione e ai rapporti di amicizia che il *sarkin* aveva col suo popolo e con l'amico direttore.

In tutta questa storia chi ci ha rimesso è stato solo il ragazzo estinto e forse anche i genitori ne hanno ricevuto un vantaggio. Chi può saperlo!

GLI AIRONI

(Raffinati nella vita, eleganti nella morte)

Nella vita esistono modi di agire guidati da sentimenti, da passioni, amori, odio, e vendette. E in circostanze come la morte, il dolore e le malattie a volte si volgarizzano nell'indifferenza nascosta dietro facce di circostanza con l'interessamento e l'angoscia apparente di chi in realtà non gli importa niente. Spesso si scoprono sentimenti negativi anche in quelle persone in cui era riposta fiducia, amicizia e amore.

Non tutto è negativo, tuttavia! E le sorprese giungono inaspettate riscuotendo conforto e solidarietà da persone dimenticate, quelle oneste che si rivelano vicine nella condivisione di un dolore, di un danno, di ansie e altre difficoltà, incoraggiandoti. Benedette siano queste persone!

Un pomeriggio mi tornarono alla mente due aironi che vidi nella savana. Uno era nero e vivo, l'altro bianco e morto. Erano due uccelli impropriamente chiamati aironi, che in Africa si incontrano vicino alle zone paludose e che una leggenda africana vuole che se una persona riesce a passare tra i due trampolieri avrà fortuna per sempre e vivrà cento anni.

Questi pennuti si accoppiano e rimangono fedeli tra loro, non cambiando mai partner, volano e camminano accostati l'un l'altro, e i loro spostamenti sono talmente sincronizzati che è difficile passarci in mezzo, e da qui la mitologia africana degli Aironi.

Una mattina un tecnico si mise in cammino su una Campagnola Fiat per recarsi a lavorare io lo seguivo a distanza per non essere soffocato dal polverone che sollevava l'automobile davanti a me.

Erano le sei del mattino e arrivati ad una curva vidi due "aironi" e la vettura davanti a me incominciò a sollevare più polvere avendo aumentato sensibilmente la velocità.

Capii che chi guidava conosceva la leggenda africana, e in quel momento i due uccelli si trovavano insolitamente alle loro abitudini, distanti tra loro. Un airone era su un bordo della strada e l'altro sul bordo opposto. Malgrado la polvere vidi la scena, i due trampolieri al sopraggiungere del veicolo tentarono di riavvicinarsi e nel tentativo quello bianco fu investito mentre quello nero non lo fu per caso.

L'incauto guidatore si allontanò senza avere raggiunto lo scopo di passare tra i due uccelli e quando sopraggiunsi mi fermai a pochi metri da quello spettacolo di morte, di solitudine e di lealtà: l 'airone nero sembrava vestito a lutto e si avvicinò al corpo di quello morto cercando di scuoterlo col lungo becco.

Sembrava che dicesse: «Alzati, perché non ti muovi?» poi faceva qualche salterello indietro, e incurante della mia presenza si riavvicinava per scuotere ancora col becco quel corpo inerme.

Sembrava il rito, di una danza funebre. L'airone vivo si comportava come un bambino che non conosce la nozione di morte ma sa che il babbo o la mamma non ci sono più e spera che tutto sia una invenzione, un gioco e attende un miracolo! Rimasi diversi minuti ad osservare l'airone in lutto che era senza soluzione incredulo e impotente.

Mi allontanai e la sera al mio rientro, l'airone privo di vita era lì sul bordo strada, quello vivo non saltellava più né tormentava con repentine beccate il suo compagno per sollecitarlo ad alzarsi, forse aveva capito! Stava fermo senza il minimo movimento con lo sguardo immobile e fisso sulla carcassa del compagno con le piume biancastre.

Quella notte dopo dodici ore al mattino seguente sulla strada le carcasse erano due: una bianca e una nera poiché durante la notte una altra vettura aveva investito anche l'atro pennuto, che non si era sottratto alla morte, probabilmente perché la sua esistenza non avrebbe avuto più senso.

Pensai che il conduttore del veicolo si era pentito di avere forzato la sorte e che l'amore tra l'airone bianco e quello nero non era solo una fiaba.

Come non ricordare quel funerale, e la fedeltà che sprigionava dalla danza di quell'airone.

LA CONTESSA SCALZA

(Non senza i mie figli)

All'aeroporto internazionale di Kano prendere un aereo era impresa difficile ed era frequente trovarsi in lista di attesa pur avendo un biglietto prenotato e chiuso senza la certezza di partire anche se tutti garantissero di sì! Un collega ed io arrivammo a Kano in macchina provenienti da Jibya, un villaggio del nord Nigeria a pochi chilometri da Katsina sede dell'Emiro, uomo di potere politico e religioso tra i più importanti del Paese.

Entrammo in aeroporto e per raggiungere il banco del check-in ci vollero cinque minuti facendo "il salto agli ostacoli". Il collega, io ed altre persone procedemmo tra centinaia di corpi distesi per terra, cercando di non calpestarli. Erano persone unte di grasso per difendersi dai raggi dal sole, vestiti con sottane e veli tipo Batik e i piedi nudi. Le donne indossavano un marsupio di tela per reggere un bimbo. Erano pellegrini e aspettavano in quella posizione l'ora della partenza dormendo l'uno accavallato all'altro. Il cattivo odore impestava l'aria, lo spettacolo si presentava in questo scenario a tutti i viaggiatori che passavano per quell'aeroporto gremito di pellegrini nigeriani della popolazione mussulmana che si recano a pregare alla Mecca. Per chi non fosse abituato, partire o arrivare a Kano era un avventura.

Con il volo interno da Kano mi recavo a Lagos per una missione di lavoro in altro cantiere di quello stesso Paese.

L'arrivo a Lagos e l'uscita dall' aerostazione fu meno fastidiosa, e con il collega ci avviammo ad Apapa un quartiere della città nei cui meandri si trova di tutto. Dalle catene degli schiavi usate dagli olandesi e portoghesi nel

1500. ai motori degli aerei Douglas DC-10. Incredibile ma vero!

Da Apapa ci spostammo alla Guest House dell'Impresa, in un quartiere più distinto e più tranquillo. La sera chiesi a Giorgio, il capo base, se avesse avuto voglia di accompagnarci in giro per una *Lagos by-night*.

«Ma, siamo matti?» commentò Giorgio e dalla sua risposta capii che uscire di notte a piedi o in vettura non era sicuro.

Mi fu spiegato che gli assalti erano frequenti sia di giorno che di notte e che coltellate o roncolate erano episodi quotidiani. Protagonista di un simile episodio per fortuna senza perdere la vita, fu anche uno dei nostri direttori, quindi rinunciai ad una visita della città.

Arrivò la domenica e non volendo rimanere chiuso in camera tutto il giorno, insieme al collega Parisi noleggiammo un taxi e andammo a visitare alcuni quartieri con minore delinquenza. Camminando tra le vie raggiungemmo un mercatino coinvolgente, per i gesti della gente, per il modo di parlare il *pidgin english*, per le contrattazioni teatrali e per gli oggetti da acquistare.

Tutto era esuberante: i colori, le grida di chi comprava e chi vendeva. Ogni tanto un urlo: «*Hi! Master!!!*» veniva rivolto ai passanti stranieri che passavano di lì che recepivano la sonorità come un invito.

Parisi si fermò davanti a una bancarella che esponeva pezzi di avorio lavorato e la sua attenzione fu attratta da frutti esotici riprodotti in avorio. Si mise a mercanteggiare per divertirsi come fanno tutti in un rito che è la norma per comprare al prezzo giusto. Dopo un lungo mercanteggiare si decise a comperare un cesto di frutta d'avorio: un ananas, una banana, una mela, un grappolo d'uva e tirò fuori dalle tasche il portafoglio mentre gli si avvicinò una donna dall'aspetto disordinato e i vestiti consunti.

Per un momento pensai che si trattasse di una donna nigeriana albina. Non è raro in Nigeria incontrare degli albini. In epoche passate essi rappresentavano sventura e venivano sacrificati al nascere!

Parisi iniziò a parlare con questo "fantasma" comparso dal nulla, io mi avvicinai e vidi che non era un albino ma era una donna europea e parlava italiano.

Aveva lo sguardo vitreo e mentre parlava sembrava non vederci, il viso era rigato da segni di evidenti sacrifici. La sua storia era triste e avvicinarsi a noi era stato un gesto di coraggio e disperazione alla ricerca di conforto e qualcosa che aveva perso. Aveva bisogno di parlare la sua lingua, cercava una buona parola tra quei cestini colorati e odori di spezie.

Il pomo di Adamo sul collo di Parisi si muoveva irrequieto e il turbamento gli inumidì gli occhi. Quella ragazza era una maestrina delle Marche e si trovava costì perché aveva sposato un nigeriano.

Il quale fin tanto che era rimasto in Italia, vestiva in modo occidentale ed il suo comportamento era civile. Ma ritornato in Nigeria si trasformò perdendo la patina e le abitudini ordinarie occidentali, arrivando al punto di portarsi a casa una seconda moglie obbligando la ragazza italiana a convivere sotto lo stesso tetto.

Parisi ed io ascoltammo commossi, parlammo con la ragazza dimenticandoci del cesto di frutti d'avorio, anche se il venditore ci chiamò più volte: «Hi, master, come back, I will give you better price.» Parisi, al racconto della ragazza, non resse al coinvolgimento emotivo e imprecando disse: «Ma porca miseria, cosa fai qui, perché continui a restarci?!» La donna, non rispose, ma un suo gesto significativo ci fece capire!

Smosse il velo di batik, del vestito e da sotto le vesti comparvero due testoline, una era di un bimbo dai capelli ricci e l'altra di una bambina con i capelli biondi crespati ed avevano la pelle quasi bianca.

La nostra commozione aumentò, e chiedemmo come mai non rimpatriava portandosi via quelle creature innocenti.

«Non posso farlo perché il padre mi ostacolerebbe e potrebbe portarmeli via; mi ricatta, non ho un lavoro, non parlo l'inglese e non ho i soldi per agire in qualche modo» disse la ragazza.

Parisi mi tirò in disparte, contò il denaro, senza dire una parola, io seguendo il suo gesto feci altrettanto. Tra tutti e due avevamo messo insieme cinquemila dollari americani di quel periodo. Ci avvicinammo alla ragazza e con precauzione per sicurezza, le consegnammo il denaro.

La donna incerta, incredula e sbalordita, credette ad un miracolo e un sorriso tolse ai suoi occhi l'aria pietrificata che ci aveva colpito. Non riusciva a parlare, era commossa e noi avevamo capito che voleva dire grazie, aveva gli occhi della gratitudine.

Parisi la prese per mano e con l'altra carezzava la testa di uno dei due bambini scalzi, e disse alla signora: «Si ricordi che la Provvidenza spunta quanto meno te l'aspetti, non bisogna farsela sfuggire, e si rechi subito in Ambasciata. La ricorderò sempre come *"la contessa scalza"*, e mi farebbe piacere ricevere una cartolina al seguente indirizzo» e gli consegnò un biglietto da visita al quale aggiunsi il mio. «Ci informi se ce l'avrà fatta» aggiunsi. Una triste storia che mi ricordava il film con Sally Field: *Mai senza mia figlia*. La signora in batik ci abbracciò e sparì senza dire una parola. Non la rivedemmo più! Noi rimanemmo senza soldi e rientrammo alla Guest House a piedi facendoci un ora di cammino in silenzio. Otto mesi dopo, ricevemmo una cartolina da Milano che diceva semplicemente: *Ce l'ho fatta, grazie!, la contessa scalza.* Quel giorno Parisi ed io mangiammo in mensa allo stesso tavolo e ambedue avevamo le cartoline sul tovagliolo, eravamo gratificati, e sapevamo di avere tre amici da qualche parte.

LE ABITUDINI SONO DURE A MORIRE

(Paese che vai usanze che trovi)

In Libia svolsi il mio lavoro senza episodi molesti e il soggiorno fu gradevole ad eccezione di quello causato dal Direttore di cantiere, uomo nervoso sulla cinquantina di idee estremiste e legato a ossessioni nazionaliste.

Una notte alle una e trenta il segretario di cantiere bussò alle porte delle stanze degli espatriati con fare allarmato chiedendo di radunarci per una riunione urgente in sala mensa, perché il Direttore doveva comunicare un fatto grave. Il sonno sfumò e la curiosità aumentò, mi vestii velocemente pensando alle cose che potessero essere sopraggiungete: pensai alla rivoluzione, alla guerra, a un attacco aereo...

A quei tempi come oggi del resto, se ne sentivano tante che qualsiasi cosa era probabile. In mensa ci incontrammo tutti; in prima fila erano adunati gli impiegati di livello superiore poi i tecnici e poi gli operai. L'ingegner Cannella che ci aveva convocati, aveva pochi capelli in testa, era vestito con la camicia nera, pantaloni alla zuava e stivaletti neri. In mano aveva un frustino che muoveva in modo isterico.

Spostò un tavolo, lo mise al centro della mensa, montandoci sopra per potersi rivolgere ai presenti in modo visibile data la sua bassa statura. Montato sul tavolo, mise le mani dietro la schiena e dondolando come fanno i prepotenti si rivolse ai radunati incitandoli allo sciopero, poiché ci spiegò di essere stufo di subire prepotenze dai libici. Quel pomeriggio i gendarmi avevano arrestato un italiano, e alla maggior parte di noi parve surreale che proprio il Direttore ci sollecitasse a scioperare in un Paese dittatoriale come quello. Poi disse, spiegando le sue logiche: «La situazione non è accettabile, io, non lo tollero e protesterò con le Autorità Diplomatiche affinché il caso sia portato all'opinione pubblica internazionale. È ora di finirla!». Gridò, mettendo in evidenza il suo stato di delirio, senza dare spiegazioni accettabili.

Dal fondo della sala un coro di ovazioni e applausi si levò nell'ambiente e qualcuno gridò «A noi» e tal altri aggiunsero «Vinceremo!»

Cannella si mostrava compiaciuto mentre gli si gonfiavano le guance sopra le mascelle, mostrando un aspetto ripugnante e vanaglorioso. Mi rivolsi all' ingegner Zuliani e dissi: «Cavolo qui, le cose si mettono male!» «Direi proprio di sì!» risposero Zuliani e altri colleghi che mi udirono e l'intesa tra noi fu rapida e protestammo insieme, spiegando a Cannella le motivazioni del nostro dissociarci dal suo comportamento irresponsabile. «Come è possibile dichiarare sciopero in un Paese come la Libia?! Sotto la dittatura di Gheddafi! NO! Direttore, scioperi lei! Noi ci dissociamo e domani andremo a lavorare.»

Questo disse Zuliani, che era il vice direttore, e rivolto alle persone che dal fondo della sala avevano battuto le mani e tra le quali qualcuno aveva gridato "A Noi". Disse: «A voi, consiglio di riporre lo spirito nostalgico nel cassetto, chiudendolo bene, e domani a *lavura'*, disse in dialetto lombardo... perché una rappresaglia da parte delle Autorità Locali potrebbe farvi pentire amaramente di questa euforia fuori luogo.» Ci fu un momento di silenzio e Cannella, ombroso in volto si rivolse a noi che ci dissociammo per primi, e battendosi il frustino sulle cosce disse: «Non finisce qui, ehm, eh... la vedremo!»

La sala si svuotò, ognuno tornò a dormire e la mattina seguente tutti erano al proprio posto di lavoro, compreso Cannella. Il quale non solo si era comportato irresponsabilmente ma non ci aveva raccontato la vera storia di cui venimmo a conoscenza: la verità era che un carpentiere italiano era stato arrestato perché in uno scatto di ira aveva tirato il martello ad un collega pakistano, colpendolo alla testa e mandandolo in coma. Malgrado la legittimità dell'arresto, l'ingegner Cannella si era presentato alla Caserma della Polizia con modi insolenti e prepotenti intimando alle guardie e al capo posto di Polizia il rilascio immediato dell' imputato sostituendosi arbitrariamente alle leggi locali. Al che, ricevette parecchi sputi e due calci nel sedere dai poliziotti, spazientiti dal suo modo di agire.

Fu pertanto il suo orgoglio, e i due calci nel sedere che avrebbero potuto creare un disastro se non ci fossimo dissociati. Si seppe, in seguito, che il muratore pakistano si ristabilì e tornò a lavorare, mentre il lanciatore di martelli fu trattenuto in carcere per oltre un anno. E Dio ce ne scampi e liberi dall'essere un "infedele" carcerato, in quei luoghi!

In Libia visitai alcuni luoghi lungo la fascia mediterranea che offre straordinari paesaggi, da est a ovest di Tripoli. Da Misurata a Bengasi lungo la Balbia, famosa strada ideata da Italo Balbo e realizzata nel ventennio coloniale oltre alla tappa d'obbligo: Leptis Magna, meraviglia dell'Impero Romano. In questo Paese era peculiare la mancanza di relazioni con le persone del luogo, in un anno ebbi modo di contattarne solo quattro dato che la mano d'opera in cantiere erano solo cingalesi, somali, pakistani, filippini e indiani, i libici lavoravano raramente e solo in Ufficio, quello che vedevo più frequentemente era Ali'. (non seppi mai il suo cognome).

Alle sei di ogni mattino, quando il freddo segna zero gradi e il vento soffia forte vedevo Ali', il proprietario della cava di pietra, alla guida di un camioncino Peugeot blu, indossava un baschetto ricamato a mano e guidava con il torace incollato al volante mentre due capre gli sedevano al fianco nell'abitacolo, e due donne col viso schermato dal velo stavano dietro sul cassone, alle intemperie, e se pioveva rimanevano sotto la pioggia come di sovente capitava.

Non riuscii a spiegarmi quel comportamento che si ripeteva ogni mattina. Al mio tentativo di stringere un colloquio con Ali' per fargli delle domande riguardante le donne sul cassone del pick-up, la risposta era uno sguardo minatorio ed un gesto del dito indice che portato alla bocca intimava il silenzio.

Un altro giorno, avendo finito di lavorare prima del solito diedi il permesso di ritirarsi in anticipo al mio personale, composto in maggioranza da pakistani che venivano a lavorare in tenuta occidentale per motivi di praticità, indossando pantaloni, camicia e giubbotto.

E malgrado la praticità di questi indumenti, non capivo il motivo per cui quelle persone arrivando in bicicletta scendevano in modo inverso.

Per me era inconcepibile afferrare la bicicletta per il manubrio, porre il piede sinistro sul pedale, avviare la bicicletta e fare passare la gamba destra non verso l'esterno in direzione della ruota posteriore per poi inforcare il sellino, ma muovendo la gamba verso l'interno in direzione del manubrio e poi con una rotazione della coscia sedersi sul sedile. Quella maniera insolita di montare e scendere dalla bicicletta non la capivo e mi infastidiva a tal punto che più di una volta presi il velocipede e lo inforcai come si fa in tutti i paesi del mondo, per fare notare a quelle persone la semplicità di un gesto e un metodo che loro complicavano. Non ci fu verso! continuavano tutti a montare le biciclette in senso inverso! Rinunciai a capire!!!, anche se percepivo che una ragione doveva pur esserci.

Qualche sedicente esperto probabilmente ne avrebbe tratto drastiche conclusioni antropologiche, con riferimento a ragioni di equilibrio patologico e chissà quale altra menzogna e calunnia fisiognomica.

La mia curiosità fu appagata, in un altra occasione quando diedi agli operai il permesso di ritirarsi in anticipo. Avere terminato di lavorare un ora in anticipo, diede loro la possibilità di farsi la doccia prima degli altri e cambiarsi nel loro costume di riposo: *la galabia*, la grossa e larga tunica bianca. Uscendo dall'ufficio, osservai gli operai che inforcavano le biciclette nel solito modo inverso, e questa volta capii!

Era il camicione!... Che indossato sin da bambini gli imponeva di balzare sulla sella in quel modo, altrimenti la tunica facendo campana sulla ruota posteriore e sulla catena gli avrebbe impedito di pedalare e la stoffa si sarebbe aggrovigliata tra i raggi del cerchione.

Dico! però, piuttosto di comperarsi le biciclette con la canna, non potevano acquistare quelle da donna? Senza canna?

Così compresi la ragione del montare la bicicletta in modo inverso; e del perché certe abitudini non cambiano, così come non cambiarono quelle del Direttore Cannella quella notte di raduno dal tono fascista nella sala della mensa.

PRIGIONIERO NEL CASTELLO DI SALADINO

In Giordania, nel villaggio di Safi, a 350 metri sotto il livello del mare, di fronte al Mar Morto, con case senza cortile, costruite su campi pietrosi e su terreni salati solcati da Wadi e piccoli rigagnoli d'acqua stagionali il Gruppo con cui lavoravo doveva trasformare la terra incolta e salata in un giardino di verdure commestibili distribuito in una estensione di settemila ettari ripartiti in comprensori che si svilupparono tra Feifa, Kanzeira, Safi e Mazra.

Il lavoro era pesante il clima torrido e secco ma ventilato, e i rapporti con la popolazione non permettevano di tenere saldo un contegno gioviale a causa dei loro Ras di villaggio. In genere la gente umile era ospitale, altre volte diffidente, a volte passiva, spesso litigiosa.

Tra esse, una categoria era caratterialmente insostenibile ed era quella delle classi "sedicenti evolute", quelle che hanno fatto qualche viaggio, studi frammentari, parlano un pessimo inglese e credono di capire con presunzione e arroganza, prima ancora che l'interlocutore abbia espresso il proprio pensiero compiutamente.

Queste persone esistono in tutti i Paesi del Mondo, sono pericolose e cattive. Sanno di giocare in casa e in situazioni di controversia hanno sempre ragione perché essi sono i "fedeli" e si credono prescelti.

A me toccò la parte dell'"infedele" quando mi occupai dell'esproprio di un appezzamento di terreno di cento metri quadrati sul quale esiste la sorgente d'acqua del Wadi Ibn-Hammad di proprietà demaniale con una portata adeguata ad irrigare ottocento ettari.

Da oltre quindici anni un generale dell'esercito aveva fatto installare nei pressi della sorgente una tubazione e una pompa con motore per addurre acqua ai suoi terreni gestiti da un mezzadro.

Il mezzadro, era un *lui,* uno di quei *prescelti* che sanno tutto, capiscono l'inglese però ti rispondono in arabo, e con astuzia scrutano in te il più piccolo gesto, tono e comportamento di debolezza, e incertezza per imbarazzarti e trarne vantaggio.

La pompa in questione, non era in uso da sette anni, la ruggine aveva corroso i pistoni del motore, e non aveva più valore economico, era: un ferro vecchio da demolire.

Le Autorità Governative avevano emesso la ratifica di esproprio e l'autorizzazione alla rimozione della pompa, che fu mossa e depositata con cura, intatta nella sua ruggine, in posto sicuro per permetterci di accedere alla sorgente e costruire l'opera di presa.

Tre settimane più tardi, si presentò la polizia giudiziaria che mi arrestò trasportandomi dai 350 metri sotto il livello del mare ai millecinquecento sopra, nella città di Kerak, dove ci sono le rovine del castello di Saladino.

I gendarmi non mi misero le manette e si comportarono correttamente nel rispetto dell'ordine del Giudice emesso in seguito alla denuncia del mezzadro. Il quale essendo il "faccendiere" del generale era considerato una appendice del potere di quel luogo.

Giunti a Kerak dopo un percorso in salita con forti pendenze e diversi tornanti fui invitato ad entrare in una stanza del tribunale dove due persone discutevano animosamente e al mio sopraggiungere in quell'Ufficio esse furono interrotte e allontanate.

Seduto su una poltrona c'era il mezzadro che aspettava il mio arrivo. Il giudice era seduto dietro la scrivania, aveva un vestito marrone con sottili righe bianche, una camicia color kaki e una cravatta nera.

Dal colletto della camicia due numeri più grande della sua misura, sbucava una testolina con occhi pungenti e scrutatori, le labbra le teneva strette e compresse per dare tono di rigore al viso sulla trentina dall'espressione anonima ma dispettosa in cui riconobbi un altro lui.

Ora i *lui* erano due, uno di lato ed un altro di fronte, c'era poco da essere allegri e mi sentii a disagio. Il giudice mi rivolse alcune parole in arabo che non capii ma interpretai, perché porgendomi il Corano mi invitò a giurare.

«Mi scusi signor giudice, dissi in inglese, non posso giurare sul Corano, sono Cristiano!» Eppure, lo sapeva, ma per recondita ragione, mi chiedeva di giurare su un testo sacro che non era il mio!

Di conseguenza il magistrato chiamò un commesso gli dette un ordine e lo inviò altrove iniziando un dialogo col mezzadro che fece una esposizione dei fatti secondo una logica inventata. Io non capivo bene ciò che dicevano ma conoscendo i fatti mi affascinava, ma ero anche irritato da quel metodo di esigere giustizia, con modulazioni vocali e gesti teatrali degni di un attore e se non avessi saputo quale fosse il filo conduttore forse avrei potuto essere indotto a credere alle sue ragioni fallaci.

Il commesso rientrò e consegnò al giudice una Bibbia cristiana copta, e mi venne chiesto di giurare nuovamente.

Avrei potuto obbiettare che ero cristiano cattolico e non copto ortodosso, comunque decisi di giurare per evitare altre polemiche, d'altronde quella Bibbia se pure non fosse della mia Chiesa era pur sempre un testo sacro cristiano, giurai!!!

Il giudice chiamò i gendarmi e ordinò loro di arrestarmi. I poliziotti mi affiancarono, feci per voltarmi per parlare al giudice, e protestare ma egli con gesto della mano sinistra intimò alle guardie di proseguire.

Mi chiusero in uno stanzone buio all'interno del tribunale stesso. L'unica luce che entrava in quell'ambiente passava tra le sbarre della cancellata di ferro, dalla quale si accedeva.

La puzza acre era intollerabile, il pavimento era fatto di lastroni di pietra grigia tutti sconnessi. Le pareti della stanza erano verdi per l'umidità, non c'era una panca su cui sedere e i detenuti erano accovacciati per terra.

I prigionieri, in maggioranza Beduini, mi osservavano mettendomi in imbarazzo, cercavo di non farlo notare facendomi coraggio nella speranza che i dirigenti del cantiere non mi avrebbero lasciato passare la notte in un luogo come quello dove in altre occasioni e in altri luoghi simili alcuni "infedeli" furono violentati.

In passato avevo conosciuto un persona la cui storia raccapricciante nelle prigioni libiche mi tornò alla mente aumentando il mio disagio.

Dopo quattro ore mi liberarono dietro versamento di cauzione e uscendo dalla cella del tribunale mi resi conto che le facce dei detenuti con cui ero rimasto isolato, erano proprio facce di criminali e predoni, anche se come diceva Totò: "la faccia da ladro non costituisce reato".

Fui ben felice di non essere stato ospite notturno di quella prigione a Kerak, ubicata in Giordania dentro il castello del Sultano Saladino. (Salah al-Din-al-Ayyubi): l'uomo che tolse per sempre la città di Gerusalemme al dominio dei Crociati.

MARIAM

(Totus tuum)

Una delle strade ed una delle pipeline per irrigare il terreno salato, raggiungevano il limite estremo del progetto di bonifica dei terreni al margine del Mar Morto. L'esecuzione del lavoro prevedeva il *clearing and grubbing,* pulizia del terreno da erbe, sterpi, sassi e anche la bonifica bellica per le mine anticarro e antiuomo che Arabi e Israeliani avevano sepolto nella zona di Ghor-Safi, nei periodi di belligeranza, e che il progetto trasformava in zona agricola.

Le procedure di avanzamento prima di iniziare gli scavi e accedere nelle aree interessate dal progetto prevedevano l'autorizzazione di esproprio da parte delle Autorità. Cosa che fu ottenuta anche per il dreno numero 14, delimitato dai topografi e tracciato per lo scavo.

Tuttavia una casupola di fango col tetto coperto da foglie di palma si trovava al centro del dreno e come tante altre capanne in altre occasioni, doveva essere demolita. Un recinto di rami secchi e spinosi delimitava la proprietà al cui interno una capra e qualche gallina ripetevano un quadro che da secoli si rinnovava con la presenza di altre galline, di un altra capra ma soprattutto con quella di Mariam. L'asse teorico del dreno e della strada non lasciavano alternative, la capanna era da demolire! Azione garantita dai permessi delle Autorità che a volte sono violente e non contemplano pietà per i poveri, mentre sono appellabili e annullate quando si tratta di potenti e facinorosi.

Un mattino, dalle officine del cantiere una ruspa con l'operatore e il capo squadra, Ibrahim addetto alle demolizioni per casi di esproprio si recò alla fine del dreno per radere al suolo la casetta come da programmi di lavoro.

Due ore dopo Ibrahim, che in arabo significa Abramo, si presentò in ufficio, informandomi che non aveva raso al suolo la capanna e non se la sentiva poiché in quel luogo un mistero glielo impediva.

Pensando che la superstizione stava coinvolgendo il personale, con Ibrahim mi recai alla capanna.

Il sole era alto faceva caldo e un venticello proveniente da nord rendeva sopportabile e piacevole quel deserto salato. Scesi dalla vettura mi avvicinai alla porta coperta dalle tende di stuoie, chiesi permesso e comparve una donna, mistica, bella come mai prima di allora avevo visto un volto così nobile. Mi trovavo ai bordi del Mar Morto in Giordania in una zona fangosa dove a distanza sulla sponda opposta potevo scorgere la cima di Masada.

La donna tornò dentro la casa lasciando aperta la stuoia della porta e tornò con due seggiolini monolitici scavati nel tronco di un albero. Ibrahim ed io ci sedemmo e la Signora nella tunica di tonalità lucente, ci offrì dei pomodori e una fetta di anguria.

Era l'ora di pranzo i pomodori a fiaschetto raccolti dietro il recinto erano saporiti sembravano aromatizzati pur non presentando nessun condimento. Forse era il sale contenuto nella terra sulle sponde del Mare Morto.

La radio israeliana rimasta accesa sulla macchina trasmetteva in italiano per i coloni israeliani la canzone *Son tutte belle le mamme del mondo.*

L'anguria era gelata, eppure non c'era ghiaccio e tanto meno un frigorifero. Dentro la capanna c'era un tavolo grezzo e un letto di legno la cui rete era fatta di strisce di pelle di bue. Il luogo era isolato e nulla lo animava nei dintorni e in mezzo a tanto abbandono provavo armonia di pace.

Mi rivolsi alla donna che ci osservava in silenzio aspettando che dicessimo qualche parola. Nel momento in cui la guardai per salutarla mi accorsi che era lei a diffondere pace.

Era alta un metro e settanta aveva la pelle color noce bruciata dal sole, le rughe della fronte marcavano il tempo passato e sotto il velo che le copriva la testa una folta chioma riccia si abbinava alla veste bianca, i suoi occhi non fissavano, esaminavano, non scongiuravano, ma si spiegavano pronta anche ad arrendersi ed accettare il destino. Lo stile e la regalità della Signora diffondevano dignità.

«Come si chiama?» le chiesi. «Mariam» rispose.

Sotto quel sole, al suono di quel nome sentii freddo, mi venne la pelle d'oca. Aveva pronunciato il suo nome con incanto e a me sembrò l'invocazione del nome della Madonna.

In quegli attimi ricordai che Maria oltre ad essere un nome cristiano era anche mussulmano; guardai Ibrahim che era islamico e che in quell'istante di sensibilità comune aveva un atteggiamento devoto ed emozionato come me.

Fu un momento magico: un cristiano insieme ad un mussulmano sostavano devoti davanti a un immagine vivente, un essere umano e un nome sacro: Mariam.

Attimi commoventi, in cui l'aspetto della Signora e della Madonna, collimavano nella pelle di luna, nei piedi nudi, umile e bellissima; probabilmente era una visione.

Salutai Mariam, che voleva offrirci un bicchiere di "sciai" alla menta. Mi allontanai senza promettere niente ma, pensando ad una soluzione per non demolire la sua casa.

Andai in ufficio presi la planimetria di progetto, calcolai una nuova direzione angolare di orientamento per quel dreno, spostandolo di pochi secondi, senza compromettere il progetto. Il giorno dopo feci ritracciare i tre chilometri di dreno e di strade laterali, inventando la scusa che il tracciato precedente era inesatto.

Nessuno si accorse del mio raggiro e la capanna insieme alla tranquillità di Mariam, furono strappati al pericolo dei moderni devastatori della pace arcaica, di quel luogo che per me e Ibrahim era diventato sacro.

VOLO 745 – BOLE'-N'NDJMENA

(Cattedrali nel deserto)

La richiesta e la produzione del petrolio scatenarono la corsa dei prezzi e l'avvicendamento delle svalutazioni delle monete, una situazione di accordi, provvigioni, commissioni, commesse e appalti, e le sale degli aeroporti internazionali brulicavano di personale delle Società che si spostavano da un continente all' altro in missioni di lavoro.

Si era creata una emigrazione di "lusso" che portava gli impiegati di grandi società operanti all' estero in Paesi diversi dove regnava e regna la povertà e la repressione politica che a loro volta esportavano immigrazione e povertà.

L'aumento del prezzo del greggio aumentava la capacità di spendere e ipotecare il futuro dei Paesi produttori i quali non avendo strutture ma molti programmi di sviluppo, compravano e appaltavano moltissimo. Il denaro dai Paesi produttori di petrolio creava ricchezza nei Paesi europei che a loro volta spendevano per comperare il greggio.

In questo clima si percepiva l'opulenza nei Paesi Orientali e un modo agiato di vivere in quelli Occidentali, il Terzo Mondo era in gran parte ignorato.

Ciò creava scompensi nei Paesi poveri che non producevano petrolio e dovevano comperarlo allo stesso prezzo dei Paesi ricchi, che però avevano ed hanno le capacità di vendere armi, costruire ponti, raffinerie eccetera. In questo clima di mercanti e faccendieri, si tesseva il malessere di alcuni Paesi e il benessere fittizio di altri.

Alcune Nazioni del Terzo Mondo più oculate richiedevano all'Occidente progetti sani, di facile esercizio e manutenzione in una visione responsabile e razionale per le necessità dei loro popoli.

Altre Nazioni accecate dall'arroganza dei propri dittatori, o dal fanatismo religioso richiedevano progetti a scopi bellici; e altri ancora si facevano convincere da faccendieri e maneggioni che proponevano progetti faraonici come le famose "cattedrali nel deserto". Che non saranno utilizzate e mantenute dalla popolazione locale perché ne ignora lo scopo, e la gestione.

Le "cattedrali" nel deserto hanno creato dilapidazione di energia e ricchezza ai danni dei popoli sottosviluppati che ignari e soggiogati da qualche capo tribù in simbiosi con i procacciatori occidentali hanno condiviso brame di potere e cupidigia, creando danni ecologici per le generazioni future.

Alle quali non sarà di conforto sapere che i partiti progressisti hanno altruisticamente lottato per ottenere dai loro parlamenti una percentuale del prodotto nazionale per distribuirla in aiuti umanitari ai Paesi sottosviluppati, che per un senso comune di fallace rispetto che non c'è vengono detti *in via di sviluppo*. Una via, lunga e stretta.

Per esempio non sarà di consolazione, per le generazioni future del Chad, sapere che aiuti europei stanziarono milioni di dollari per costruire una strada di cinquecento chilometri senza la possibilità di mantenerla. Lasciando i villaggi immersi nella polvere e senza acqua.

Lasciando che le sponde dei fiumi siano ricettacolo di sporcizia che si mescola alla melma verde tra le alghe, dove i bambini nuotano per giocare e trovare refrigerio tra la Pillarzia.

Mentre fiumi di denaro dei fondi per gli aiuti ai Paesi in via di sviluppo si sprecavano in viaggi su Jumbo 747 da Parigi a

N'Djamena, per spostare esperti, agrari, sociologi, ingegneri, eccetera.

Esperti, spesso ignari della loro inutilità, altri invece pilotati da interessi maggiori.

Questi tecnici esperti nei rami specifici erano però incapaci di capire l'Africa, perché gli stessi africani non si capiscono e non l'hanno capita pur tentando ogni metodo per raggiungere un traguardo, malgrado il plagio politico, interno ed esterno.

E' inutile che gli esperti, si compenetrino in manifestazioni ed azioni da "curanderos", distribuendo cure e diagnosi mediante un'ottica che non appartiene a quei luoghi e non è applicabile a una situazione di immobilità millenaria. In questi Paesi "in via di sviluppo" le mutazioni più rapide e di successo sono state quelle negative, come la prostituzione, la corruzione, la malavita, e l'indebitamento! Mediante l'acquisto di cattedrali nel deserto di improbabile gestione, per pagarne gli interessi del debito contratto con le banche internazionali.

I personaggi che a loro dire: sono incaricati ufficiali per guidare l'assistenza tecnica e sociale ricevono stipendi smisurati e non causano avanzamento ma ulteriore confusione. L'entropia Sociale genera Caos con propensione all'esaurimento delle risorse in un *loop* che ritorna alla partenza, che nella ricerca di un orizzonte si maschera in un sistema per essere apparente.

Nel cuore dell' Africa, in un angolo sperduto del Ciad, procedevo su una fuori strada percorrendo una pista sulla sabbia, facendo attenzione di non perdermi perché l'uniformità del paesaggio sarebbe stata complice di qualsiasi deviazione con perdita di orientamento.

In lontananza vidi un recinto di fango che cingeva un agglomerato di una dozzina di capanne.

Mi fermai per verificare sulla mappa l'esistenza di quel villaggio per stabilire dove mi trovavo ma quell'agglomerato di case non era segnato sulla pianta topografica, quindi verificai la data della aerofotogrammetria riscontrando che risaliva a quattro anni prima.

Capii, che trattandosi di popolazioni nomadi, esse si spostano ogni due o tre anni, e quel clan doveva essere arrivato in quel luogo meno di tre anni prima, spostandosi da una zona vicina distante una ventina di chilometri dove la loro precedente permanenza si evinceva dai resti delle vecchie capanne, confermando il concetto di casa e di Patria delle popolazioni nomadi che affermano con sentimento migratore: "La mia Patria è là, dove troverò l'acqua."

Mi avvicinai al recinto e con sorpresa vidi una donna europea in blue-jeans casacca e cappello di cuoio in testa. A prima vista ebbi l'impressione di trovarmi di fronte a un *incrocio* tra Calamity Jane e Indiana Jones.

Mi avvicinai, e dopo i consueti convenevoli la ragazza sulla trentina, mi spiegò di trovarsi in quel luogo con altre colleghe sociologhe per un periodo di tre mesi, per spiegare alle donne del villaggio come funziona una pompa per l'estrazione dell'acqua dal sottosuolo, e altre attività.

La spiegazione era incerta quasi fosse costretta a raccontarmi argomenti che ferivano il suo orgoglio e pudore. Inconsciamente la ragazza si comportava come se l'avessi colta in fragrante nel realizzare un progetto di cui neanche lei era convinta. In seguito rividi la sociologa in quello stesso villaggio ed avendo fatto amicizia mi confermò che le mie sensazioni e i miei dubbi erano esatti.

Mi raccontò le sue esperienze di lavoro quando vicino alla pompa sollevava e abbassava il pistone per riempire un secchio d'acqua mentre i bambini sulle schiene delle madri si cuocevano la testa al sole affamati e assopiti con le teste ciondoloni, che ad ogni movimento della madre se ne cadevano da una spalla all'altra di quelle donne che guardavano la "maestra dell'acqua", con bizzarria, poca fiducia, ma con rassegnazione.

Sembravano chiedere: «Grazie, ma a che serve questa pompa se non c'e nessuno in grado di ripararla, quando si romperà? e se non ci sono pezzi di ricambio? Tanto vale che quando non ci sarai più, "cara istitutrice dell'acqua" si ritorni al fiume a prenderla come si è fatto da millenni!» Chissà, chissà, o forse sognavano una pompa accanto ad ogni tucul! Il secchio d'acqua si riempiva e le donne del villaggio in circolo attorno alla pompa si spingevano con gesti sguaiati e infantili, ridevano aprendo la bocca a cui erano stati strappati i denti inferiori, mettendo in mostra la lingua che per reiterato rosicchiare della pasta di noce di cola era colorata di azzurro. In lontananza si vedeva il lago Ciad sulle cui sponde si percepivano i livelli "di cura dimagrante" a cui era stato sottoposto da alcuni decenni per mancanza di pioggia in tutta l'Africa. Il lago Ciad è un bacino di raccolta delle acque provenienti da mezzo Continente. La gente del lago in apparenza più evoluta non era socievole e si percepiva di avere a che fare con persone arrabbiate e che ne avevano ben donde!!! Per me arrivò il giorno di rientro, mi fu consegnato il biglietto aereo, insieme a quello di Borelli e dell'ingegnere Renardet.

Gli aeroporti interni nella maggior parte dei Paesi africani erano piste di terra battuta, quello di Bolè nel Ciad invece era asfaltata e l'aereo prima di atterrare doveva fare due o tre passaggi a bassa quota per verificare e allontanare, spaventando un eventuale mandria di mucche che avrebbe potuto attraversare la pista. L'aereo era piccolo, un diciotto posti canadese costruito in Brasile.

Tra la cabina di pilotaggio e quella dei passeggeri non c'era separazione. I piloti e la strumentazione erano visibili anche dai passeggeri accomodati negli ultimi posti. Era un viaggio di due ore e mezzo con destinazione N'Djamena. Quel giorno il cielo era terso e il sole riscaldava i granelli di sabbia rendendoli incandescenti come sempre. Con i colleghi ci sistemammo negli ultimi posti dell'aereo che decollò ai comandi di due piloti.

Uno era francese, l'altro era ciadiano. Per due ore il viaggio fu tranquillo, qualche sbalzo, ma niente di anormale trattandosi di un aereo a elica. Ad un certo punto però, successe il finimondo!

Ci sorprese un temporale improvviso proprio mentre i piloti avevano iniziato la fase di discesa e il cielo terso diventò buio, come se qualcuno avesse preso un banco di nuvole scure e lo avesse scagliato dietro di noi. Nell'abitacolo ci trovammo allo scuro, anche se qualche secondo prima eravamo in pieno giorno. Erano le quattordici, l'aereo perdeva la stabilità d'ala a destra e poi scivolava a sinistra, poi ancora in alto e in basso a causa del vento molto forte.

Il pannello della strumentazione si riempì di luci rosse lampeggianti e un allarme sonoro persistente iniziò a ronzare. I piloti smanettavano nervosamente manopole e interruttori stando in posizione retta.

Il rumore dei motori non era costante, si percepiva ogni calo o aumento di velocità per i tentativi di manovra, la situazione era critica, i passeggeri silenziosi e immobili, sembravano pietrificati, i loro occhi percorrevano l'abitacolo dell'aereo infinite volte, quasi a cercare uno spiraglio di speranza. Io ero inquieto, mi allacciai la cintura di sicurezza e mi aggrappai ai poggioli del sedile stringendoli forte puntando i piedi sul pavimento. La medesima posizione l'aveva assunta anche il mio collega Borelli che non aveva puntato i piedi per terra ma li teneva puntati sul soffitto dell'aereo comprimendosi la schiena sul sedile. L'ingegner Renardet con lo sguardo traslucido e sperduto, muoveva le labbra in frenetica sequenza nel ripetere l'Ave Maria.

La paura era tanta e cominciai a pregare mentalmente, fin quando durante una picchiata dell' aereo, stile caccia militare, la paura di tutti andò alle stelle, i passeggeri incominciarono a gridare e quello seduto vicino a me si slacciò la cintura di sicurezza e trovandosi vicino alla porta posteriore si diresse ad essa con l'intenzione di aprirla per buttarsi.

Con sforzo sovrumano mi alzai anche se il terrore mi teneva incollato al sedile, ma il pensiero che quel signore avrebbe potuto creare danni maggiori mi alzai e lo bloccai.

Nei suoi occhi lessi il terrore e la pazzia, e per fortuna si lasciò convincere a ritornare al suo posto. Mi prese un braccio e non me lo lasciò più.

Non riuscii a valutare quanto tempo durò questo inferno, ma per tutti, credo fosse interminabile.

I piloti fecero tre tentativi di atterraggio ma il vento li deviò ogni volta portandoli fuori allineamento, al quarto tentativo l'atterraggio riuscì, cancellando gli attimi di panico e di terrore. Anche Borelli aveva riacquistato il sorriso in una espressione di gioia. Che avessimo scongiurato una tragedia fu più evidente quando scendemmo e si videro schierati i vigili del fuoco, le ambulanze e quattro piloti in divisa che abbracciavano quelli del nostro aereo, congratulandosi con loro.

Attraversammo la pista per ripararci dalla pioggia all'interno dell'aerostazione, e rivolgendomi a Borelli in tono scherzoso gli dissi: «Paura! Eh?... Io ne ho avuta tanta e tu?» «Chi, io...?» mi rispose, «Ma neanche per sogno!». Tra me, pensai: non avrà avuto paura... però cercava di sostenere il tetto dell' aereo puntellandolo con i piedi!

Il giorno dopo ci imbarcammo per Parigi e fu la fine di un incubo.

DAL DENTISTA, IN SALA D'ATTESA

(San Giovanni o China Town?)

Una stanza pulita e ben arredata all'EUR, zona residenziale di Roma, era l'anticamera dell'inferno e del purgatorio per quanti aspettavano il turno per sottomettersi ai ferri del dentista.

L'agitazione dei clienti nello studio odontoiatrico si notava dalle dita nervose che sfogliavano leste una rivista o un giornale, e come sempre non manca, mai un bambino disturbava con il suo aereoplanino e le sue urla.

Suonò il campanello della porta che una infermiera aprì: entrò una signora distinta, con un bimbo con la guancia destra gonfia.

L'infermeria fece accomodare la signora e ammiccò ad un signore che aveva acceso una sigaretta, indicandogli il logo specificante che non si poteva fumare. «Il suo nome?» chiese l'infermiera alla donna appena arrivata che rispose: «Aliprandi»

«Ah, certo, ricordo... il suo appuntamento è per le sedici e trenta, dovrebbe avere un po' di pazienza, la chiamerò io!» disse l'infermiera. La signora prese una rivista e iniziò a leggerla, mentre l'uomo che aveva tentato di accendere la sigaretta le si rivolse impertinente e bifolco e disse: «Scusi, signora, lei che *è di colore*, non conoscerebbe per caso qualche ragazza disposta a venire a casa mia per i servizi?»

La signora, era italiana: il padre era italiano e la madre etiope, era nata a Roma ed era sposata con un italiano. Sarebbe stato sufficiente guardare il bambino che coccolava, e che aveva i capelli biondi e la chiamava mamma, per capire!

Bastava captare il cognome "Aliprandi" per comprendere, e per non rivolgersi alla donna con quell'interrogativo. Sarebbe stato sufficiente ascoltare il suono delle parole pronunciate dalla signora in lingua italiana con leggero accento romano per capire che quella donna "era nostrana"!

«No, signore, non conosco nessuna persona che possa farle i servizi di casa» rispose la signora. «Che strano ma lei che mestiere fa...?!» ribatté il signore con la sigaretta spenta tra le dita.

«Sono procuratore presso lo studio di mio suocero» rispose la signora seccata dai modi invadenti e rozzi del ficcanaso.

L'attesa del proprio turno in sala si faceva pesante perché ogni appuntamento slittava sull'altro per oltre mezz'ora, accumulandosi e rendendo ansiosi i clienti.

Suonò il campanello ed entrò un signore straniero che dal modo di vestire, e l'idioma doveva essere nord americano. Con l'ultimo arrivato l'infermiera non riuscì a comunicare e chiese se in sala c'era qualcuno che parlasse inglese.

Il signore che manteneva la sigaretta spenta tra le dita ingiallite e cercava una cameriera di colore si rivolse all'infermiera indicando la signora Aliprandi e disse: «Lo chieda alla donna di colore, che sicuramente conosce l'inglese».

«NO, non conosco l'inglese» rispose la bruna signora.

«*Never mind. I will wait the doctor*» disse l'americano e si sedette facendosi capire a gesti: avrebbe atteso il medico.

«Che strano» replicò il fumatore e aggiunse «avrei giurato che lei parlasse inglese, mi scusi ma lei, dove è nata?»

«A San Giovanni» rispose la signora.

«San Giovanni???... E dove si trova?» disse l'uomo con la sigaretta tra le dita.

La Aliprandi annoiata da quello zoticone rispose: «A China Town...».

In quell'istante uscì il medico che invitò la signora e il bambino nello studio. Lasciando l'assillante insolente, nel dilemma di scoprire l'ortodromica tra San Giovanni e China Town!

Apostrofare in pubblico con tanta arroganza da cui era posseduto a sua insaputa e reiterando che la signora era di "colore" nessuno ci fece caso ma era comunque latente l'offesa comportamentale e se pur non intenzionale oltremodo colorita, tanto quanto lo era lo zotico fumatore che sarcasticamente parlando: era lui il più "colorato" in quanto aveva i capelli rossi, gli occhi verdi, la pelle color carota e le labbra viola per l'infezione che aveva in bocca.

NELLA SIERRA MEXICANA

(Mi coracon perdido: en la Mesa del Tenedor del Diablo)

Dopo l'infarto il ricovero in ospedale fu occasione di meditazione, di ricordi, e considerazioni su fatti che ritornavano alla mente con successioni di immagini, in un caleidoscopio del passato. Sdraiato sul lettino dell'ospedale rivedevo le immagini di quel giorno poco prima dell'infarto in ufficio, tra disegni e tanta polvere:

L'ansia aumentava il mio nervosismo anche per il lavoro arretrato, e mentre riordinavo mail e disegni accumulati nel periodo di vacanza, sentii un bruciore al centro del petto, vicino allo sterno.

Percepii una pressione al petto e accesi una sigaretta che aspirai come di consueto. In quell'istante mi alzai di scatto per reazione alla sensazione che qualcosa di insolito e malvagio stava per succedermi.

Sentii aumentare il dolore al torace da capezzolo a capezzolo su una fascia di quindici centimetri con la sensazione che il petto si fosse trasformato in una lastra di vetro colpita da un sasso senza andare in frantumi e riportando a causa dell'urto, mille ramificazioni rimanendo saldate tra loro.

A quarantotto anni, facevo una brutta esperienza ed ero cosciente di cosa stesse succedendo, percependo il pericolo incombente. Dentro di me giocavano incoscienza, presunzione e speranza di sottrarmi a una realtà dalla quale speravo di uscirne vivo.

Misi le mani sul petto quasi a reggere un brandello di carne che stava cadendo, e mi diressi fuori dall'ufficio per recarmi in quello del medico di servizio che non era presente, quindi tornai in ufficio dove Salvador, un mio collega, assorto in calcoli per definire l'ellissi della diga non si era accorto del mio malore, né io avevo attirato la sua attenzione.

Chiamai Salvador, gli chiesi soccorso chiedendogli di portarmi in clinica presso i servizi sociali dello Stato, per farmi assistere dal medico.

Montammo in macchina per dirigerci a *Mesa del Tenedor del Diablo* a un chilometro di distanza presso la clinica del *Seguro Social,* entrai ed ebbi forti sensazioni di freddo, cominciai a sudare e a sentirmi male, non perché mi dolesse il petto per l'infarto, ma per la corrente d'aria che nella sala d'attesa si creava a causa delle finestre aperte.

In ambulatorio in quel momento non c'erano pazienti e malgrado il dolore al petto, chiesi più volte alle infermiere distratte di chiudere le finestre.

Alla quarta richiesta vedendo che le finestre non venivano chiuse e ricevendo dalle infermiere sguardi contrariati mi imposi, e pretesi che chiudessero quelle maledette finestre! Finalmente!

Evitai così il tormento caratteristico che procurano le correnti d'aria che nelle mia situazione avrebbero peggiorato il mio stato.

Purtroppo la salute e la vita è legata non solo alla speranza, forse al destino, ma anche a comportamenti di persone carenti di altruismo, di esperienza e professionalità, dedizione e tolleranza.

Mi trovavo nella sierra messicana in una zona di coordinate ignote, e non era piacevole poiché i servizi erano proporzionali alle coordinate sconosciute del luogo la cui peculiare identità era il nome: *Mesa del Tenedor del Diablo.* Tavoliere del forcone del diavolo, a causa di un singolo cactus a forma di forchetta che dominava la zona.

La dottoressa di turno, una ragazza appena laureata mi visitò e fece in modo di abbassarmi la pressione che in quel momento era alta! E mentre compilava la cartella clinica mi disse di stare calmo che entro un paio di giorni avrebbe provveduto a farmi trasferire all'ospedale per accertamenti. Trasferimento ormai tardivo per qualsiasi recupero, poiché l'ospedale si trovava a duecento chilometri. Il dolore al petto era diminuito ma avrei preferito essere trasportato al più presto in ogni caso.

Mi rimisi alle considerazioni del medico che mi consigliò il ritiro in camera al campo espatriati. Erano le cinque del pomeriggio, tirava un forte vento che spargeva la polvere ovunque, mi sistemai sul letto e per quanto in forma minore il petto continuava a dolermi. Era trascorso troppo tempo e la necrosi all'apice del cuore aveva già fatto danni irreversibili.

Alle nove della sera sentii la necessità di ingerire qualcosa di caldo e nonostante i colleghi, Salvador e Martin, avessero avvisato il medico di cantiere, il capo dei servizi generali, il direttore amministrativo e altri, nessuno si era fatto vivo.

La vita e la salute oltre che essere legate ad un filo, è legata all'incapacità e alla mancanza di disciplina delle persone che ci circondano e sulla cui intolleranza e inesperienza si inciampa inconsapevolmente.

Nelle comunità eterogenee si concentrano un numero di persone così dette espatriate e se tra queste non si creano i sentimenti di solidarietà e amicizia, i comportamenti negativi sono frequenti. In senso figurato si può immaginare che Tizio si nasconde dietro la porta per "sparare" su Caio che inconsapevole passa per il corridoio; mentre dai bagni dell'ala destra degli uffici al terzo piano, sempronio "spara" al caposervizio che ignaro è affacciato alla finestra dirimpettaia del primo piano.

Altrettanto fanno quelli del quarto piano che aspettano la preda del secondo, creando così, un *loop* incrociato di cattiverie, invidie incomprensioni, a volte per nascondere i propri limiti.

Quando si lavora in simili ambienti l'abilità è cercare di non inciampare su questi personaggi.

Si fecero le dieci della sera, mi vestii e andai in mensa a bere un brodo caldo. Due colleghi mi videro e rendendosi conto che il mio stato non era quello di sempre, mi offrirono assistenza ricordandomi il loro numero di stanza in caso di bisogno.

Faceva caldo, in mensa a quell'ora poco frequentata, erano tutti in maniche di camicia, io invece avevo freddo ed indossavo il giaccone invernale. Bevevo il brodo, mi lamentavo con gemiti e cantilene che potevano essere udite dal direttore amministrativo, seduto a due metri dal mio posto.

Pensavo che la notte sarebbe passata in fretta mentre constatavo l'indifferenza offensiva del direttore amministrativo che parlava con un ispettore della consociata francese venuto dall'Europa, col quale voleva fare bella figura e metteva in evidenza il suo atteggiamento da "lecchino".

Non so cosa si dicessero quei due ma, so di certo il disgusto che provai nel constatare l'indifferenza ostentata dal loro comportamento nell'ignorare la mia presenza ed i miei gemiti manifesti.

Bevuto il brodo tornai nella mia stanza e la notte fu lunga. Il mattino verso le sei vennero a visitarmi i colleghi per chiedermi se avessi bisogno di assistenza.

Avevo sicuramente bisogno di essere trasportato al più presto in ospedale.

Il medico di cantiere e quello del *seguro social* furono chiamati e fui caricato su una ambulanza metà bianca e metà verde, di proprietà dello Stato.

L'ambulanza sfrecciò verso l'ospedale ad una velocità tale che i chilometri di strada sembrarono divorati dal cofano della vettura, e la rapidità era così forte che dovetti passare dalla posizione supina a quella seduta sostenendomi ai tubolari mentre piantavo per terra i piedi per mitigare i bruschi movimenti delle sterzate repentine, delle frenate e cambi di velocità sussultori.

Sembrava che l'autista si divertisse. Pensai che fosse un caso in cui il personaggio si prende talmente in considerazione nel suo mestiere immedesimandosi nel ruolo fino al punto da divenire nocivo alla funzione stessa pur adempiendola.

Il tragitto, era ossessivo ed avevo la sensazione che non fosse l'autista a centrare le buche ma che esse si spostassero trasversalmente per farsi centrare dalle ruote dell'ambulanza.

La situazione, mi irritava, e né il medico né l'infermiera che mi accompagnavano facevano il minimo tentativo per ammansire l'autista che portava stivaletti da vaquero bordati di stelle color argento. L'ambulanza sembrava un toro infuriato di un rodeo cavalcato da quell'autista folle.

Ahimè! povero cuore! Avevo subito un infarto e la lesione veniva trattata senza riguardo come in una *arena de toros*.

Arrivammo in ospedale e dopo le prime cure e accertamenti, al mio letto si presentò una donna con i capelli rossi corti alla maschietta, con tinta metallizzata e due occhi piccoli anche essi rossi per effetto della tequila che beveva, e infossati in un cranio da primate.

La percezione fu un senso immediato di repulsione e mi venne istintivo collegare l'aspetto della donna all'immagine di Crudelia la strega dei 101 cani Dalmata e a Serpent, il serpente del libro della giungla ambedue personaggi di Walt Disney.

Decisi nel mio intimo che il suo nome, per me sarebbe stato Crudelia.

Non mi sbagliai poiché il suo atteggiamento negativo fu una dimostrazione continua.

Crudelia si avvicinò al mio letto con un questionario, in quanto era una impiegata del ruolo sociale dell'ospedale e aveva l'incarico di fare riempire ai pazienti un modulo statistico con i dati personali dei ricoverati.

Mi fece varie domande a cui risposi secondo il tenore delle stesse e Crudelia arrivò alla domanda che a lei sembrava la più originale e pettegola.

Sembrava fremere, si mangiava le unghie per la brama che di lì a poco le avrebbe procurato una realtà che già conosceva ma che le avrebbe dato modo di realizzare la sua piccolezza.

«Qual à la sua nazionalità?» mi chiese. «Italiana» risposi. E lei digrignando i denti, mentre tra i due incisivi faceva scorrere il tappo della penna biro, mi disse rimpiccolendo gli occhi e inarcando le sopracciglia: «Scusi, ma lei tra tanti posti che esistono al mondo doveva venire a curarsi proprio qui?, in Messico?» poi aggiunse «Lo sa *querido senior*, che le cure costano e che in questo momento lei sta usufruendo di quelle del mio Paese?»

Questo vomitare astio gratuito raggelò anche il medico messicano di cantiere, che mi accompagnava, il quale uscito dal suo consueto torpore e tranquillità tirò fuori dalla borsa il mio libretto sanitario e altri documenti che testimoniavano non solo la mia residenza in quel luogo ma che da tre anni l'impresa per cui lavoravo pagava regolarmente i contributi assicurativi e una assicurazione medica; che garantivano il mio diritto ad essere curato in Messico.

Avrei voluto ribellarmi a quel serpente dai capelli rossi e mesches azzurre, la pressione saliva per le molestie ingiustificate; e né la disapprovazione del medico di cantiere né il mio sguardo diventato altero valsero a mondare l'atteggiamento di quell' infelice che imperterrita continuava a tartassarmi con domande inutili e vessatorie personalizzate dalla sua ignoranza, con iniziativa irredentista.

Ci domandiamo se esistono esseri inferiori tra gli uomini?! Ebbene quella signora ne era un esempio a prescindere dalla razza, ceto, religione e dal colore dei capelli. Crudelia per nulla imbarazzata continuò a formularmi domande ed io non sopportandola oltre pregai il dottore di allontanarla poiché non intendevo risponderle ulteriormente.

Prima che il medico se ne andasse trascinando fuori dalla stanza *la signora,* mi rivolsi alla donna e le dissi: «Signora, credo che i cuori malati siano tutti rossi e che non abbiano cittadinanza, ad eccezione del suo naturalmente!» mi mancavano le forze necessarie per dirgliene di più…!

I giorni passarono, e le cure delle infermiere e dei medici dell'ospedale furono ottime e non riflettevano il comportamento di Crudelia. Dopo una decina di giorni fui dimesso e mi assalì il terrore che avrebbero potuto riportarmi in cantiere in ambulanza, con l'autista folle dagli stivali addobbati con borchie d'argento.

Per fortuna non fu così: mi venne a prendere il medico di cantiere al quale fu assegnato un pulmino con un autista nuovo.

Era il mese di luglio, faceva un caldo tropicale mancava il respiro e ci trovavamo nella regione di Queretaro in Mexico, ad una quota oltre i duemila metri sopra il livello del mare.

Il medico ed io ci accomodammo sui sedili posteriori mentre l'autista si tergeva il sudore della fronte con il dito indice per farlo schioccare e rendere quel gesto simile ad un tiro di frusta nel separare dalla fronte il rivolo di sudore che passato sulla mano veniva proiettato in un angolo del predellino.

Erano le due del pomeriggio il pulmino percorreva la strada di ritorno, con stabilità questa volta, il nuovo autista viceversa era ossessionato dagli specchietti e dai deflettori.

Di cui continuava a smanettare le maniglie per aprirli di più e aumentare l'areazione. Cosa che non poteva fare perché erano aperti al massimo.

Data l'ora di pranzo, grossi sbadigli di fame si disegnavano sulle bocche del dottore e del conducente che aveva fretta di raggiungere il villaggio più vicino per pranzare.

Il paesaggio simile a quello siciliano con monti e colline, cactus e piante di fichi d'india, in uno scenario capace di incantare.

Muretti a secco ben costruiti che dividono le proprietà, un gruppo di somari carichi di agave per la distillazione della Tequila e un ciclista che non avendo bevuto tequila ne dava l'impressione a causa del suo sbandare sulla sella. Sullo sfondo di questo panorama si erge in lontananza una montagna monolitica chiamata la Pena di Vernal nei pressi di Tequisqiapan.

A guardare il monte si pensa al film *Incontri Ravvicinati,* tanto è somigliante, e tra i turisti che si recano a Tequisquiapan c'è chi giura, a sproposito, che il film di Spielberg fu girato proprio lì.

Sotto il sole e con la fame, molte apprensioni mi assillavano con dubbi e paura a causa dell'infarto. Pensavo a come riorganizzare la vita secondo nuovi regimi alimentari e per questo istintivamente mi rivolsi al medico che sonnecchiava e gli chiesi:

«Scusi Dottore, è vero che una dieta di fagioli lessi abbassano il colesterolo?» «Come?» rispose il medico sbadigliando e data l'ora di pranzo e avendo intuito solo alcune parole ma non il senso della mia domanda rispose: «Ah! I fagioli. Uhm, Uhm, si certo sono ottimi soprattutto con l'olio d'oliva, peperoncino *avanero* e due uova alla *rancera*!»

La fame del dottore era evidente, e il conducente che aveva ascoltato afferrato la domanda, e inteso l'equivoco, a stento trattenne una risata lanciandomi una occhiata di complicità pettegola mentre la radio trasmetteva la canzone:

Della sierra morena, cielito lindo, vienen bajando: un par de ojtos negros, de contrabando... ese lunar que tienes junto a la boca a mi me toca... Ahia, yaaiahi...cielito lindo... Asi es la vida... canta y no jores...

VACANZE EGIZIANE

(Esna, Luxor e Piramidi)

Da Roma, Fiumicino, con un Airbus Alitalia andammo al Cairo dove molti turisti sfilavano tra doganieri, e le guide che ostentavano una antenna a cui è attaccata una bandierina per attirare l'attenzione del proprio gruppo e per non perdersi di vista.

Riccardo ed io eravamo due turisti diversi, poiché non appartenevamo a nessun gruppo e ci organizzavamo per nostro conto, con l'aiuto di Costantino, un amico che lavorava con una impresa di costruzioni al Cairo.

Attraversammo la città in taxi sopra e sotto i *fly-over* in costruzione e deviazioni del traffico a causa di piccoli e grandi lavori in corso d'opera. Una città smisurata, con panorami spogli di gradazioni che nelle sue tinte luminose ci appariva in una scala di venature sabbiose.

Moderne costruzioni contrastavano eleganti minareti che dominano le case e i vicoli con milioni di persone che organizzano le loro vite trasformando la città in un formicaio disordinato.

Arrivammo in un hotel dove avevamo prenotato due stanze e dopo esserci sistemati scendemmo al piano intermedio per fare colazione e bere delle bibite fresche.

Nell'attesa che il cameriere ci servisse due frullati di "guaiava" osservavo i turisti di un gruppo appena riunito. Alcuni erano giovani, altri sulla trentina e qualcuno era anziano e vispo.

Mi incuriosì il fatto che non parlassero inglese, né francese, né tedesco né italiano; eppure il loro idioma mi era familiare.

«Shalom» disse uno dei turisti e capii che quelle persone erano israeliani! Venuti in autobus attraversando il Sinai e si concedevano una vacanza tra quelle persone che fino a poco tempo prima erano i loro nemici. La serenità del gruppo faceva piacere, il turismo può essere manifestazione di pace e di avvicinamento!

Andammo in giro per la città e fu un continuo salire e scendere dalla vettura di Costantino che cercava di renderci la permanenza al Cairo più gradita e interessante. Portandoci da un luogo ad un altro dove gli incontri con le persone locali era cordiale in un contesto disordinato.

Non occorre vivere venti anni in questi luoghi per ricevere l'impatto di sensazioni immediate e trovarsi in un labirinto di confusione e di rumorosità.

Al crepuscolo una invocazione devota e strillata si solleva a Dio e attraversa l'aria, richiamando i fedeli alla preghiera con il gorgheggio dei *muezzin* che si fanno udire dall' alto dei minareti, che con le loro geometrie a punta sembravano missili pungenti puntati contro il cielo, mentre il Nilo scorreva, allora come oggi, lento e vigoroso ignorando i passi fatti dalle civiltà che a turno hanno ostentato le loro culture facendogli la corte. Visitammo la Sfinge e le piramidi di Cheope, Chefren e el-Ghiza.

Sul Nilo al centro del Cairo c'è un isola con alberghi lussuosi dove decidemmo di pranzare all'ultimo piano di uno di questi, dalle cui vetrate si godeva uno spettacolo notevole.

Il fiume si contorceva tra le anse del suo corso e i battelli affollati di turisti navigavano, verso sud, in direzione dell'Alto Egitto mentre qualche sambuco a vela fendeva le sue acque.

Una rappresentazione scenografica con vista grandangolare della città, lasciava percepire il nulla all'orizzonte dove il cielo e la superficie arida del deserto si fondevano all'infinito in un miraggio improbabile.

Tra la terrazza del ristorante e l'infinito si estendono chilometri di casupole ammucchiate, sparse anche tra le tombe dei cimiteri. Uno spettacolo da scrutare per ricordarlo.

Durante questa esplorazione la nostra attenzione fu attratta da cumoli di materiale depositati a forma di cono sulle terrazze dei palazzi e non riuscivamo a capire cosa fossero, fin quando un uomo apparve con un secchio carico di rifiuti e lo scaricò sopra un cumulo esistente. Capimmo che quei coni erano depositi di immondizia, ma per esserne certi chiedemmo conferma al cameriere che ce lo confermò.

Pensai al Sindaco e all'Amministrazione di quella Città che quotidianamente fronteggia problemi di portata colossale: dalla nettezza urbana che i cittadini risolvono portando la spazzatura verso l'alto, all'approvvigionamento idrico, allo smaltimento delle fognature che scorrono libere a cielo aperto tra le carreggiate stradali e il marciapiede, quando esiste!

Tutti problemi non risolti, grandi e accumulati nel tempo con confusione al punto che paradossalmente ogni abitante si autogestisce nel proprio disordine per non soccombere.

Non era la prima volta che mi recavo al Cairo ma non ebbi mai occasione di trattenermi a lungo come questa volta, e osservare le cose da un punto di vista reale, e tutto era degno di essere esplorato tante volte, per capirlo meglio.

Il quarto giorno ci recammo all'aeroporto e andammo a Luxor.

Un volo a quota bassa per godere il paesaggio del deserto solcato dal Nilo in un susseguirsi di curve con le sponde verdeggianti, unico segno di vita in quella fettuccia verde a forma di pitone strisciante, oltre la quale a destra e a sinistra il colore dell'isolamento, il colore del deserto, della sabbia e niente più.

A Luxor e usciti dall'aerostazione il caldo era reso gradevole e non violento perché secco e mitigato dal soffio del vento.

Ci facemmo condurre in taxi al Movempick Hotel, un albergo fuori città sulle sponde del Nilo. Un posto ideale per riposarsi tra palme e giardini con camerieri che servivano ogni tipo di bevanda. Riccardo ed io non eravamo in cerca di riposo ma di emozioni, e ogni giorno era arricchito da una nuova vicenda.

Le rovine del tempio di Luxor, quelle di Karnak, la Valle dei Templi, il Nilo nella sua maestosità, un viaggio ad Assuan ad Abu Simbel, e ai templi rimossi, tutte queste scoperte erano contenute in un alone di bellezza storica ed artistica, nonché la testimonianza di civiltà scomparse.

Questi ricordi archeologici ereditati dal passato e conservati sotto la sabbia facevano meditare come mai essi non avessero anche lasciato traccia di costumi, abitudini e inclinazioni tra quella gente contemporanea ed eredi di quelle culture scomparse, poiché i comportamenti e le tendenze della gente in quei luoghi non ricalcava lo stile ne l'intraprendenza dei vecchi Tebani, dai quali sembra non abbiano ereditato molto.

Dubbio lecito per chi visitando Luxor rimane affascinato dalle rovine e dalla strada moderna, per chi costeggia il fiume a piedi o in carrozzella e si sposta da un hotel di lusso ad un altro, da una discoteca all'altra tra turisti in pantaloni corti, e una passerella di belle donne provenienti da ogni parte del mondo.

È probabile che un turista rimanga conquistato dagli inchini dei venditori nei *suk* e dai camerieri in doppio petto negli alberghi costosi, o quelli meno costosi con camerieri vestiti in divisa coloniale inglese.

Uno spettacolo accattivante, ma cosa c'era dietro la cintura degli alberghi lussuosi che si snodano lungo la sponda destra del Nilo, dallo Sheraton fino all'Hilton nelle vicinanze di Karnak?

Dietro quella cintura di benessere e apparente evoluzione c'è la realtà quotidiana della gente che da secoli la trasmette ai propri figli staticamente, fatalmente!

Dietro c'è una vita di sporcizia presente nel tempo che non cambia mai e che un turista non percepisce perché i suoi interessi provvisori sono le avventure, la disintossicazione dallo stress e soprattutto non volere vedere né pensare, ma godersi la fascia bella che costeggia il Nilo e le sue rovine archeologiche. Quelle "vere e moderne" continuano a nascondersi tra le stradine accalcate di piccoli negozietti e locande dove non servono alcolici, ristoranti con arredamento allo sfascio e odori di spezie e grassi fritti, tutto circondato da canaletti di fognature, che non interessano il visitatore impegnato in altre faccende.

Nei *suk* qualche mercante contratta con i turisti offrendogli il tè alla menta e propone prezzi altissimi per accordarsi per meno di un quarto di quanto aveva chiesto la prima volta. In un altro suk un integralista con la barba e il callo della preghiera sulla fronte contratta e fa proposte di "matrimonio" ad una turista americana che divertita e sorpresa, sorride.

Un venditore si avvicina e offre croci cristiane d'argento, della chiesa di rito copto, minoranza etnica e religiosa egiziana, mentre noi a piedi raggiungevamo il Winter Palace, resistente costruzione del regno anglo-egiziano.

Tutto, rese piacevole le nostre vacanze e di notte, da una discoteca si passava ad un altra dove coppie di giovani turisti si scatenavano all'Isis o all'Etap consumando whisky, Campari soda, Martini Dry o Cuba libre. Qualche turista "attempata" vegliava solitaria ad un tavolo nella speranza di un appuntamento galante. Due egiziani con il portafoglio gonfio di denaro seduti e scomposti con tre danesi più scomposte e più sguaiate di loro, bevevano birra liquori e ballavano ondeggiando, dando scandalo in un comportamento che ostentava erotismo.

Mentre il cameriere non più giovane osservando quei ragazzi si scandalizzava per essere egli un islamico osservante, e come tale non avrebbe potuto avere fantasie maliziose, per questo mimava segni di dissimulato fastidio.

In questo frangente Riccardo inseguiva ogni ragazza in cui vedeva la possibilità di conquista. Dopo alcuni giorni ci raggiunse anche Costantino che era rimasto al Cairo e col suo arrivo decidemmo di recarci a Esna, una cittadina a trenta chilometri da Luxor dove visitammo il tempio di Esna e la diga Idroelettrica che l'Impresa stava costruendo dove ci ospitarono, e passammo un'altra bella giornata. Verso mezza notte rientrammo in albergo a Luxor ma fummo trattenuti perché il ponte girevole era rotto, e quando funziona permette il passaggio dei battelli dal livello inferiore del Nilo a quello superiore e viceversa attraverso un canale navigabile, in quel punto sbarrato da una vecchia e importante briglia! Costruita in epoca coloniale britannica.

Durante l'attesa per la riparazione del ponte sopraggiunse un taxi con quattro turisti europei. Scesero tutti e nel buio rischiarito dalla luna piena, tre figure femminili si evidenziavano nette nell'aria come in uno schizzo a gessetto bianco su foglio nero. Indossavano una calza maglia color carne aderente e sembravano nude, erano belle e la loro formosità attirava l'attenzione.

Il ponte fu aggiustato e fatto ruotare per permettere il passaggio alle vetture in attesa.

La prima delle quali era un camioncino stracolmo di uomini che quella notte non avevano staccato lo sguardo dalle figure femminili che avevano procurato in loro forte libidine. Dal cassone del camioncino, quasi a guisa di una operazione di sbarco dei marines, scesero velocemente alcuni uomini giovani in ciabatte e camicione, afferrarono le tre turiste strofinandosele sul proprio corpo in azione lussuriosa mentre le loro mani sembravano volessero "svitare" i seni e le floride natiche... di quelle turiste incaute.

«Aiuto, aiuto...!» gridarono le provocatrici, fin quando i tre omaccioni terminarono il loro "assalto" e corsero verso il camioncino che già avviato si dileguò nel buio della notte. Una delle tre ragazze riassettandosi la calza maglia, si rivolse al compagno che come noi non poté reagire a quella scena tanto rapida e improvvisa e disse:

«Ci hanno smanacciate! Ci hanno smanacciate tutte!».

«Che cosa vuoi dire?» chiese smarrito il ragazzo che stentava a credere all' accaduto, e la ragazza ancora più infuriata disse «Significa che mi hanno messo le mani dappertutto, cretino».

I turisti montarono in macchina e sparirono nel silenzio della notte annullando quel quadro a "gessetto" di poco prima.

Riccardo ed io sbigottiti osservavamo Costantino che rideva, e più tardi ci spiegò che in quella zona esistono uomini che non toccano una donna fino al matrimonio che può avvenire a volte oltre il trentesimo anno di età, e ci spiegò che questi uomini nel tempo libero si raggruppano per passare il tempo. Era logico secondo Costantino, che la vista di tanta femminilità ostentata al chiaro di luna avesse creato simili reazioni da parte di quei contadini. Sarebbe stato più corretto da parte delle turiste essere meno provocanti e più rispettose di quella cultura.

Rientrati a Luxor rimanemmo ancora qualche giorno e decidemmo di telefonare in Italia da un posto pubblico dove le telefonate costavano meno che in albergo, dove i turisti desiderosi di telefonare erano numerosi e avremmo dovuto aspettare un turno molto lungo.

Per cui Costantino che aveva sempre una soluzione alternativa, ci portò in un luogo pubblico che non aveva frequentatori e si poteva telefonare senza attendere.

In quel luogo, l'ultimo turista era passato di lì presumibilmente ai tempi di Re Farouk. Un pavimento con qualche centimetro di sporcizia rinforzata nei decenni si era addensata con le mattonelle. In alcuni tratti la sporcizia si poteva riconoscere in epoche geologiche di sedimentazione tra gli strati, si fa per dire, ma era anche realtà.

Da un bancone di legno parzialmente sfasciato, spuntava una figura di uomo barbuto che fece due strilli e subito si presentò un bambino al quale ordinò il tè e mentre parlava si rischiarò la gola per fare uno sputo allungato tanto da superare la soglia della porta d'ingresso e fermarsi al primo gradino!

Gli chiedemmo se ci faceva telefonare consegnandogli un foglio con i numeri e i codici delle città che volevamo chiamare. L'uomo macchinalmente si mise vicino alla cornetta e azionando una manovella incominciò a parlare strillando. Pochi minuti più tardi fu possibile collegarci e, si sentiva benissimo, senza strillare.

Per qualche giorno andammo ancora in discoteca e in piscina sotto lo sguardo investigatore di un personaggio autorevole anche lui con la barba, il callo sulla fronte, e il camicione. Costui aveva portato i sui bambini a prendere una bibita ai bordi della piscina dell'Isis Hotel.

Il cameriere serviva il *voyeur* che si rifaceva gli occhi alla vista di tante turiste straniere seminude che prendevano il sole; e con abilità orientale, quasi per scusarsi col cameriere suo conterraneo e della stessa fede, si rivolgeva ai suoi bambini in tono educativo dicendo: «Figlioli, in questo luogo la gente straniera non conosce pudore». Nello stesso tempo si carezzava i baffi e sul viso traspariva la frustrazione di fantasie proibite a cui aveva anelato tutta la vita ma che le inadattabilità della sua etica gli impedivano di cogliere in quei luoghi al sud nell'Alto Egitto dove risiede un notevole integralismo.

Una sera eravamo sdraiati ai bordi della piscina e si presentò un signore distinto, parlava correttamente l'inglese e il francese che salutò Costantino con slancio, abbracciandolo e dandogli delle manate sulla schiena, sembrava un incontro tra fratelli che non si vedevano da anni. Quella scena di cordialità era l'introduzione all'invito per il party a casa di Yahia, nella cui fattoria, era pronta una cena con assortimento di piatti tipici. La casa era nel mezzo di una piantagione di canne da zucchero e la sua architettura non lasciava dubitare che fosse stata costruita nel periodo coloniale.

Una ventina di ospiti stranieri, erano radunati in due sale ampie e mangiarono e bevettero a sazietà. Le sale delle casa avevano ampie vetrate e offrivano una vista panoramica del cortile dove sotto i lampioni erano accovacciati alcuni giovani in *galabia*, che ridevano e scherzavano tra loro.

Erano una quindicina, e qualcuno di loro faceva scorrere tra le dita un cordone di palline simile ad un rosario, e pregava. Quel gruppo di persone nel cortile e noi dentro casa, avevano in comune l'assenza di presenze femminili.

Chiesi cosa facesse quella gente allegra nel cortile e mi fu spiegato che erano i mezzadri e i coltivatori della fattoria in attesa che gli invitati "d'onore" si allontanassero dalle sale principali per ritirarsi nel "gazebo" a bere il bicchiere della staffa, così loro sarebbero entrati in casa e seguitare il banchetto.

Noi ospiti apprezzammo il calore e l'ospitalità egiziana, anche se le nostre donne e le loro non furono invitate, saggiamente per gli uni, ingiustamente per gli altri.

Per Riccardo e per me furono giorni da ricordare al di là delle piramidi, della sfinge e dei musei ma soprattutto per le tinte dei panorami, e per le persone egiziane che avrei voluto abbracciare riconoscendole rigorosamente uguali a me, ma che una cultura, un etica e consuetudini diverse, ci allontanavano.

Eppure, pensavo, queste differenze non sono insuperabili. Qualche giorno dopo rientrammo a Roma, la cassetta della posta era piena di avvisi di pagamento e tornavamo ad essere i soliti ignoti, che salgono sul tram alle sette di ogni mattina, e alle sette e ventisette, alla settima fermata cambia al capolinea per spingersi tra la gente che sale o scende i gradini della metro. Che delusione! Ma così è la vita.

La vacanza egiziana, malgrado l'immagine del telefonista, del disordine, della sporcizia dei vicoli e l'integralismo religioso, ci aveva illuso di essere liberi.

Tornati ad un altro tipo di disordine, alla lotta per la sopravvivenza tra milioni di sconosciuti che se cadi in uno dei gradini della metropolitana nessuno ha tempo di soccorrerti, per indifferenza o paura! Ritrovando ritagli di *suk* che non riproducono il fascino trovato durante le vacanze nel Paese esotico.

Accorgendosi, con sofferenza, che quel mondo si è trasferito nelle strade delle città occidentali con persone che stendono tappeti per terra per venderli insieme a borse, cinture e accendini.

Improvvisando effimere mostre e creando uno stereotipo negativo delle stesse persone di quel mondo che ipotecano in questa immagine la ricerca di un benessere che non assimila perché non lo trova e non lo troverà fin quando non inizierà a realizzarlo nel proprio Paese, dissociandosi dai legami col passato per tuffarsi nel futuro che non si colloca nel miraggio di vendere tappeti, accendini e ricevere elemosine,, ma nella scelta di un cammino da studiare e intendere al fine di raggiungere una migliore qualità della vita attraverso saggezza e valori dell'anima nel proprio Paese, in una nuova erudizione universale che non sconfini nell'indifferenza collettiva e "globalizzata".

Una globalizzazione che forse sarà per molti una prigione e renderà l'integrazione una illusione come di fatto lo è già!

NEW YORK, NEW YORK,

(I love New York)

La mia fidanzata una ragazza di Madrid mi stimolò a programmare una itinerario turistico di tre settimane negli Stati Uniti e nel Canada. Un viaggio che avrei voluto fare da sempre.

Era l'occasione giusta perché mi trovavo a lavorare in Messico da oltre due anni, e per le feste natalizie l'Impresa con cui lavoravo chiudeva il cantiere per quindici giorni. E considerato che gli U.S.A. erano così vicini, era una occasione da non perdere.

Il visto di ingresso negli Stati Uniti per i cittadini della Comunità Europea non è richiesto però avendo sentito dire che qualche connazionale aveva avuto dei problemi, in quanto la norma era nuova, mi recai all'Ambasciata Americana di Città del Messico per chiederlo.

Vi andai molto presto dato che il numero delle persone richiedenti il visto era elevato e alle otto del mattino una moltitudine di messicani era già in attesa di entrare in Ambasciata. Alle otto e trenta fummo allineati e fatti sedere sulle panchine situate in un capannone.

Una simile folla mi scoraggiò pensando che la richiesta del visto si sarebbe protratta fino al giorno dopo! Invece con soddisfazione le cose si svolsero velocemente e alle quindici centinaia di persone erano state ricevute e ascoltate dai Consoli americani.

I quali si rivolgevano al pubblico con cordialità e professionalità senza pomposità e operavano dagli sportelli stando in piedi come se fossero dei cassieri di banca.

In Messico l'ordine e il silenzio non sono la caratteristiche predominanti eppure in quelle sale per la richiesta del visto d'ingresso negli Stati Uniti, anche i messicani erano silenziosi, ordinati e rispettavano la fila.

L'ordine in quel caso era l'unica alternativa e mentre strisciavo le suole delle scarpe sul pavimento seguendo la fila, mi compiacevo dell'efficienza del servizio consolare. Lo comparavo a quello di consolati di altri Paesi in altre sedi dove avevo avuto occasione di richiedere un visto, e dove gli addetti mi avevano suscitato antipatia per il loro atteggiamento!

Invece, a Città del Messico, era un "piacevole" show vedere sei consoli svolgere il loro doveri e darsi il cambio con altri sei ogni due ore, mentre il flusso della fila non veniva interrotto e diminuiva continuamente.

Questa linearità mi fece ricordare due impiegate, una al Consolato italiano di Addis Abeba in Etiopia e l'altra a Teheran in Iran, in ambedue i casi avevo chiesto di pagare la tassa amministrativa per altri cinque anni per il documento ancora valido.

Una delle delegate mi chiese sette giorni di tempo mentre l'altra ne chiese quindici e ciò in ambedue le circostanze era una pretesa eccessiva dato che le sale consolari erano vuote! I tempi richiesti mi sembrarono sproporzionati per una operazione che in Italia si fa alle Poste in quindici minuti.

Era inevitabile ricordare quegli o quelle impiegate con la "spocchia", e l'aria assorta, che circolavano da un ufficio all' altro ponendo cura di richiudere la porta dietro le spalle a scanso di sguardi curiosi… in altre Ambasciate.

Intanto la fila continuava a scorrere tra i cordoni e quando arrivò il mio turno la Console Statunitense mi chiese in spagnolo quale fosse il motivo della mia presenza al Consolato Americano. Le risposi in inglese chiedendole un visto.

«Per quanto tempo, *sir*?» mi chiese, «Per due mesi» risposi.

«Quali sono i motivi della sua visita negli United States?»

«Per diporto... semplice diporto, vorrei visitare il suo Paese, N.Y., le cascate del Niagara e Orlando» risposi.

La Console alla quale avevo consegnato il passaporto mi sorrise e mi disse che per me non era necessario il visto in quanto cittadino della Comunità Europea, comunque dato che avevo perso tutta la mattina in attesa avrebbe provveduto a darmi un visto valido per dieci anni, che mi avrebbe permesso di entrare e uscire dagli U.S.A. permanentemente senza la possibilità di lavorare.

Un visto che avrebbe fatto gola a molti messicani ai quali le leggi di immigrazione non consentivano visti di così lunga durata, e che suscitò un commento di ammirazione e stupore nel messicano dietro di me nella fila. Da Città del Messico partimmo con un volo American Airlines con destinazione Washington, dove presa la coincidenza con un altro aereo arrivammo a New York atterrando all'aeroporto Fiorello La Guardia che mi sembrò meno elegante di quello di Washington.

La sala di ritiro bagagli era un po' scombinata, e per recuperare quella delusione dovetti, in seguito atterrare in altri aeroporti degli U.S.A. dove l'ordine ed efficienza, oltre che stile e bellezza ristabilirono in me l'ammirazione di sempre per le cose belle degli Stati Uniti d'America.

Tra le persone che al portale di uscita ostentavano un cartello con il nome dei passeggeri in arrivo e il numero del volo, ne vidi uno col mio. Mi avvicinai al signore con il cartello mi presentai parlando in inglese. Il signore era colombiano e mi disse che se preferivo potevo parlargli in spagnolo.

Il percorso per giungere all'Hotel Dorall-Inn sulla Lexington Avenue fu breve. Nel buio tra strade gremite, sopra e sotto l'Hudson River. Le luci distribuite tra le finestre dei grattacieli davano percezioni di festosità in un presepe moderno nei cui meandri si vive una vita febbrile di uomini e donne come in qualsiasi altra parte del mondo, tra indigenza e opulenza ma in allegria per il Natale incombente.

In albergo registrammo i passaporti e anche qui non fu possibile parlare in inglese, dato che il personale si esprimeva in castigliano; e per i restanti giorni di permanenza in Città, per lo più, ebbi colloqui in spagnolo.

L'hotel era al centro di Manhattan vestita a festa per il Natale e regnava una atmosfera gioiosa resa effervescente dal freddo secco di un inverno gelido, dalle strade e vetrine illuminate. Uno spettacolo, consueto per i newyorkesi ma da sorbire lentamente per i turisti che come noi entravano da un grande magazzino ad un altro, curiosando tra le vetrine.

Con la mappa di Manhattan in mano ci orientammo tra la quarantasettesima e la cinquantasettesima strada senza difficoltà, per finire a *Broadway* alla ricerca di uno spettacolo come *Il fantasma dell'Opera*; che non potemmo vedere per il tutto esaurito.

Per cui ripiegammo su un altro teatro dove, riuscimmo a procurarci due biglietti in prima fila. Per la rappresentazione del musical: I *miserabili*, di Victor Hugo, uno spettacolo notevole!

Uscimmo dal teatro, avevamo fame a quell'ora tarda, ma decidemmo di ritirarci in albergo, dove Angy si addormentò ed io che non volevo disturbarla con il fumo della sigaretta, decisi di uscire per strada. Erano le una e trenta della notte. Due donne appariscenti camminavano ancheggiando sulle piastrelle del marciapiede e sotto i lampioni i loro monili luccicavano fino all'alba. La loro professione era evidente erano lucciole della notte. Passai di fronte a loro, mi sorrisero invitandomi, risposi con un saluto allontanandomi e seguitando a fumare.

La strada era illuminata da piccolissime lampadine che ornavano gli alberi dei viali con tanti colori. Dagli scantinati uscivano sbuffi di vapore da botole in mezzo alla strada, dovuti al passaggio sotterraneo della metropolitana. L'asfalto era bagnato dalla pioggia caduta durante il giorno e una sirena stracciava l'atmosfera mentre l' ombra di un essere umano si dirigeva verso di me. Ahimè!, pensai, questa maledetta sigaretta avrei dovuto fumarla in albergo. Certo a New York per la prima volta e per giunta solo per strada nel cuore della notte, la preoccupazione mi assalì pensando alle cronache descritte sui giornali.

Mi trovai nella situazione di chi sta in allarme aspettandosi una presumibile aggressione.

L'uomo mi veniva incontro ed era grande, vestiva un cappotto marrone unto e rammendato. Si avvicinò e aprendo il lato destro del pastrano mi mostrò l'interno della fodera a cui era appeso, come in un medagliere: una serie di orologi.

«Vuoi comperare?» mi disse con accento che non era né americano né britannico, la pronuncia mi ricordò un suono e una cadenza familiare. Guardai bene quel *vu' cumprà* della notte americana, che era nero, ma tuttavia diverso e non aveva l'aspetto dell'afro-americano. Una distinzione che avrei potuto fare tra cento persone nere senza sbagliarmi, anche se quell'uomo aveva antenati comuni con gli afro-americani, era diverso.

«*Your are from Nigeria, aren't you?*» (Lei, è nigeriano, non è vero?) chiesi a quell' uomo, che mi guardò insicuro e aggiunse: «Yes». Ops!, avevo incontrato un *vu' cumprà* a New York, e mi chiesi quanti ce ne fossero anche là. La cosa che mi stupì era che quell'uomo vendeva orologi a migliaia di chilometri distante dal suo Paese e parlare con me che gli ricordavo casa sua, a Ife vicino Ibadan, non gli procurava alcuna commozione, poiché umanamente aveva una sola aspirazione: sopravvivere!

Quell'uomo era analfabeta e in pochi attimi di conversazione con lui non riuscivo a capire se vivesse o vegetasse, ma certamente intesi che il destino gli stava preparando con la sua complicità un percorso crudele senza radici né rami.

Gli offrii una sigaretta e resomi conto che qualsiasi conversazione non era sostenibile perché non riusciva ad esprimersi in nessun idioma ricorrente, lo salutai e rientrai in albergo.

La mattina seguente due autobus con le insegne di Peter Pan parcheggiarono davanti all'Hotel per caricare i turisti e iniziare un viaggio di due settimane percorrendo strade degli States e del Canada; spostandoci a Boston, Bufalo, Quebec, Montreal, Toronto, e Ontario.

Un viaggio tra gente simpatica proveniente da diverse parti del mondo. Erano sud americani; argentini, colombiani, e venezuelani.

Fui impressionato dalla visita al quartiere cinese e infastidito dal continuo martellamento dei compagni di viaggio sudamericani con le domande di carattere politico e costituzionale alla guida portoghese che parlava cinque lingue e cercava di renderci il viaggio più piacevole.

Angy ed io apprezzavamo le visite ai Municipi e ai Parlamenti delle città osservando le opere d'arte di cui ci furono fornite informazioni sui trascorsi storici del luogo, mentre i turisti sudamericani non erano interessati da questi argomenti ma al contrario interrompevano le spiegazioni della guida, per ottenere informazioni di come erano elette le camere, i deputati e i senatori, e fare un paragone con i propri sistemi.

Esprimevano giudizi e critiche negative sull'impostazione di un sistema politico U.S.A collaudato e che non apparteneva loro, ma certamente più democratico ed avanzato di quello esistente nei loro Paesi, dove Costituzione e cariche pubbliche sono state fatte a colpi di mitra ad ogni piè sospinto.

Nel quartiere cinese di Ottawa era considerevole il folklore, simile ad altri quartieri cinesi in altre città, che per me era nuovo e stimolante. Vi erano cinesi ovunque; poliziotti, mercatini, ambulanti, ristoranti, insomma tutto era cinese persino il cielo... quel giorno aveva una tinta "paglierina...!"

All'ora di pranzo ci avvicinammo alle vetrine di alcuni ristoranti per esaminare le pietanze in mostra e i loro prezzi. Alla fine scegliemmo un ristorante al primo piano di un fabbricato.

Ci accomodammo e prima che potessimo intenderci con i camerieri su cosa mangiare fu necessario che quattro di essi si alternassero per le spiegazioni. Non perché la scelta del menù fosse difficile ma in quanto i camerieri non capivano una parola di inglese o di francese né di spagnolo. Venne il direttore che fu capace di proporci un menù di nostro gradimento.

Quel locale era un ristorante come tanti nella zona e i clienti erano tutti cinesi, gli unici "stranieri" eravamo io e la mia ragazza. All'uscita continuando a scrutare i negozi sottolineammo che quel quartiere era innegabilmente, parte integrante della città di Ottawa, ma in realtà era netta la intuizione della zona "extraterritoriale", in pratica eravamo in Cina.

Il groviglio delle etnie, nelle concentrazioni cittadine, è rafforzato dall'operato assistenziale dei patronati e dai legami migratori favoriti dal ricongiungimento con i famigliari e la lusinga delle singole comunità di simulare il loro paese di origine.

Questo stato d'animo percepito in ogni angolo del quartiere mi infastidiva, dato che non avrei immaginato una palingenesi tanto minuziosa a difesa di una tendenza e di miti leggendari dei residenti cinesi, che si riconoscono tali ad oltranza anche dopo diverse generazioni, nate fuori dal loro Paese Originario, e creano comunità come stati dentro lo Stato che li ospita, con consuetudini e regole loro, dentro la legge nazionale, spesso ignorandola e raggirandola.

Non fui capace di ignorare un simile concentramento di gente trapiantata in un contesto palese di non adattamento, in buona fede forse, in difesa della propria appartenenza, religione, e abitudini, permettendo a qualunque altro cinese di ripetere e ricordare a chi non lo è che lui "discende" da Confucio, dalla dinastia Ming e altre dinastie, così come un italiano può vantarsi di essere figlio dei figli di Leonardo, di Michelangelo, un tedesco dei nibelunghi, magari discriminando, un asiatico, un irlandese, un africano per chiedergli: «E tu, di chi sei figlio?!». Platone diceva: *Ogni Re discende da una stirpe di schiavi ed ogni schiavo ha dei Re tra i suoi antenati.*

A parte il folklore e l'aspetto turistico di una China Town che può presentarsi piacevole al turista che apparentemente fraternizza, e tollera l'unione tra i popoli, in quanto "uomini" prima che cinesi, irlandesi, afro-americani o italiani; la domanda è: *per quale motivo barricarsi e isolarsi?*

La risposta è nelle culture di ogni ceppo e nelle sue abitudini. Una risposta che lascia un sapore sgradevole nel constatare che il mondo cambia, ma le persone si rinnovano solo apparentemente, rimanendo gialli, bianchi, neri, semi-chiari e costruiscono barriere in difesa per paura di essere prevaricati gli uni dagli altri!.

Da turista e cittadino del mondo mi sento offeso nello scoprire queste barriere e capisco che un grattacielo o il tunnel sotto la Manica non sono poi più razionali di un Tucul nella savana, e ciò non eleva l'animo umano, anzi non lo migliora nemmeno un poco!.

Con Angelina passeggiavamo per China Town e l'impressione era come girare tra le strade di Hong Kong, e che i pionieri dell'insediamento, hanno tramandando storie, racconti, comportamenti e tradizioni ai giovani, di seconda generazione che probabilmente vorrebbero sottrarsi ai superflui legami arcaici essendo nati in questo mondo lontano, e non hanno altro legame con la Terra di Origine, e se questa seconda generazione che ha due Patrie, rientrasse nella "prima" quella degli avi, (sarebbero come è già successo) in qualche parte del mondo, scacciati, discriminati, e considerati ineguali!

Questo è l'errore dei genitori immigrati: cioè quello di non essersi sottratti ai comportamenti che rendono i loro discendenti complessati *e succubi di ciò che non c'è, reclusi in passato che fu di altri!*

In un passato diverso dal presente e lontani dalle Terre di origine, e che spesso non vengono accettati pienamente dagli *Autoctoni*.

Di chi è la responsabilità e l'impegno di non essersi adattati? Di TUTTI! Questo è certo!.

Questo onere richiede uno sforzo notevole presso le nuove generazioni che devono accettare l'integrazione, con nuove regole, con valori pratici, spirituali e se necessario bloccando l'immigrazione selvaggia e clandestina per non creare un circolo irreversibile di nomadi senza controllo, di nuove tribù come foglie secche al vento, come zattere alla deriva di persone che abbandonando i Paesi natali, lasciano spazio al dittatore di turno per il prossimo genocidio. In più circostanze viene ripetuta la frase: "prendere il meglio di ambedue."

Ben venga questa opzione di voler prendere ciò che c'è di buono nel groviglio delle razze e delle tribù, non dimenticando però che se il meglio è ubicato da una parte bisogna spogliarsi di infondati orgogli, con onestà per eliminare ciò che non è preferibile... dall'altra parte, senza frustrazioni e sensi di colpa dietro cui trincerarsi, per un *melting pot* calibrato con ingredienti resi compatibili con la propria intelligenza e condizione.

Furono questi i pensieri di un turista ingenuo dai giudizi gratuiti? So solo che a China Town, gli abitanti avrebbero potuto essere in qualsiasi altra parte del mondo e chiamarsi: French Town, Turchish Town, Little Italy, La Nouveau Senne, e via dicendo.

Ero scoraggiato perché l'amore per le persone, di ogni stirpe e religione era offeso dalla manifesta "auto segregazione" di massa e ciò non di meno mi sentivo fiducioso che una dopo l'altra le persone del futuro potranno progettare quartieri internazionali e non ghetti di razze.

Questa speranza sarà solo una utopia se si pensa che ai giorni nostri in tutto il Mondo vengono coniate espressioni di mal gusto come *pulizia etnica*! Espressione messa in pratica in più parti del Globo con risultai penosi e genera proseliti in gruppi o partiti politici pericolosi.-

Il viaggio continuò per vari giorni da una città all'altra fino ad arrivare a Washington dove incontrai alcuni cugini che non vedevo da molti anni essendosi trasferiti negli States. Il viaggio fu istruttivo e divertente soprattutto quando arrivammo ad Orlando in Florida.

Dove nei giardini della Walt Disney un uomo si distrae e ritorna bambino e perfino un fondamentalista non è più così intollerante quando alla moglie sfugge via il *chador o il niqab* mostrando il volto dagli affascinanti lineamenti orientali e riscoprendo il sorriso di un anima di donna come quello di altre che il velo non sono obbligate a portarlo!

E forse dietro quel velo si nasconde e potrà germogliare il loro riscatto.

Parte Seconda

LIAISON

(connessione tra tema e analisi)

Questi racconti sono stati l'intermediario per tratteggiare il pregiudizio testimoniato e sofferto in prima persona per recepire il malessere insito nella calunnia razzista.

I racconti hanno facilitato la descrizione delle tematiche per chiarire esegesi difficili da elaborare e inserire in quasi tutti i racconti per essere interpretati con credibilità e fungere da catalizzatore tra il racconto e l'analisi.

Le analisi che seguono vengono inserite come saggi brevi, raccogliendo le opinioni contenute nei racconti per associarle con le cronache che stiamo vivendo in eventi contemporanei tendenti a metamorfosi del tessuto sociale ed etnico dei Paesi nel mondo.

Le prossime analisi schematizzate con il proposito dinamico di intesa sono condensate in segmentazioni seppur note per alcuni, ma non ovvie e qui sono riunite in una selezione per porle in rilievo tutte insieme contemporaneamente e sincretizzarle.

L'esame aiuta a ispezionare un po' più in particolare le indispensabili percezioni delle storie stesse nei contenuti del tema trattato: Il Pregiudizio.

DOMANDE IMBARAZZANTI

(Anche i turisti piangono)

Le situazioni, ambientali e sociali vincolano l'uomo e lo condizionano nei comportamenti, ricercando dettagli nell'ossessione della puntualizzazione delle proprie ripicche allontanando la comprensione per rendere fragili i punti di osservazione, che crollano se il dettaglio prevarica l'intenzione e la realtà.

Un episodio visto in un documentario testimonia il viaggio di nozze di due giovani di stirpi diversa una del Nord Italia, e l'altro dell'Africa Occidentale descrivendo la situazione a prima vista disinvolta. In realtà difficile da accettare essendo esplicita la scabrosità scenografica simile a quella vissuta dal "geometra Cane" durante il suo viaggio in Nigeria in un esame che lo sconvolse al punto da cercare il treno che non c'è: il direttissimo Kano-Bologna, un racconto tratteggiato in pagine precedenti di questo libro.

Nel filmato la ragazza europea fu ben ricevuta, con festa e onori dai parenti del ragazzo dell'Africa Occidentale, in uno spaccato di vita locale non tollerabile per un occidentale, o da altre persone di un mondo diverso.

Le esternazioni di simpatia primitive manifestate smodatamente in modi genuini e sinceri che, per coloro che non hanno acquisito né immaginato in precedenza queste situazioni rimangono intensamente sotto shock.

Mentre gli autoctoni non possono porvi rimedio poiché non si rendono conto della drammaticità che propongono, non essendo capaci di interpretare la inettitudine dell'esercizio applicato dai loro riti non condivisibili né accettabili da uno straniero europeo, non preparato a costumi selvaggi con i quali si vorrebbero formalizzare azioni di augurio propiziatori di benevoli auspici.

Nel caso registrato nel documentario viene visto a tinte forti l'uccisione di una gallina sacrificale il cui sangue viene custodito in bocca per nebulizzarlo con le labbra sul capo della ragazza ignara di quella pratica, incredula, impaurita, sconcertata, e sdegnata fino al pianto. A chi chiedere un commento e un consulto su queste circostanze delicate? Al razzista?, al buonista?, all'indifferente? Inutile procedere con questa domanda poiché si otterrebbe inevitabilmente la medesima risposta da tutti in una logica condivisione di rifiuto!

In simili situazioni si richiede una responsabilità maturata in profonda coscienza, poiché per ostacolare il razzismo è necessario che nel condominio globale in cui viviamo non bisogna alimentare i contrasti che provocano allontanamento, *ma neanche tacerli*, e chi si trova in una posizione meno prevalente deve intervenire senza aspettarsi soluzioni a lui univocamente favorevoli, pensando che tutto gli è dovuto perché parte fisiologica della sua cultura.

Per tanto la domanda va posta anche al ragazzo africano, per chiedergli se egli in coscienza condusse nel proprio Paese la malcapitata ospitandola in mezzo al nulla creandogli un trauma psicologico che non si può perdonargli. Azione mediante la quale ha posto in evidenza la sua totale estraneità al rispetto della cultura e abitudini della moglie straniera, mediante una sensibilità passiva, ceca e cinica da non riuscire a capire che doveva comportarsi diversamente.

Così come presumibilmente farebbe un suo conterraneo più erudito, e colto e magari con più possibilità economiche. Il suo omologo abbiente e istruito presumibilmente non avrebbe condotto la donna nel villaggio disperso e ignoto e certo non farebbe ciò che ha preteso l'inconscio ragazzo, che da *vu' cumprà* ha saltato secoli di tradizioni del pregresso storico e sociale della cultura della ragazza, per mantenere ed evidenziare le proprie assai primitive. Ignorando il principio fondamentale dell'amore: "la rinuncia" per il bene comune per il rispetto e la tranquillità in nome di una integrazione possibile.

Secondo ottiche pregresse in anni passati testimoniate da episodi concreti, lasceremmo che un figlio rimasto nell'ovatta tutta la vita, per essere un "incauto bambaccione" , possa intraprendere una odissea di litigi diffusi, costosi e asfissianti in Patria e lo esorteremmo per buonismo a intraprendere una vita di ricatti e vessazioni in Paese straniero?... tra via crucis, da una stazione di gendarmeria all'altra per affrancare i propri figli dallo stillicidio vessatorio, per lottare e ottenere la loro assegnazione.?

In un viaggio di dimensioni sconfinate in cui se la situazione fosse capovolta e il soggetto vessato fosse una figlia sarebbe oltremodo più tragica.

Le cronache degli ultimi settanta anni, sono piene di bambini contesi e protetti dentro le ambasciate. Dalla Siria all'Olanda, dal Marocco, alla Colombia e tanti altri Paesi in un repertorio giudiziario fitto di denunce e spesso le sentenze sono il drammatico epilogo nel procurare una giustizia che in realtà si trasforma in un capestro per i figli che a causa di leggi, conflitti di diritto internazionale e interpretazioni imprecise, soffriranno a lungo.

PELLE STRANIERA

(Commenti da sincretizzare)

La pratica del razzismo è presente in tutte le stirpi, che sono di ogni colore e si pongono in una posizione oppressiva e arrogante presumendo una superiorità ossessiva rispetto ad altri che non è mai stata dimostrata, per sottometterli rendendoli vulnerabili e fragili nelle loro preoccupazioni esistenziali. Deludendoli nelle aspettative per progredire nella vita, calunniando con ipotesi di incapacità e impotenza le stirpi non simili alla propria. Alcuni popoli sono giudicati non idonei ad assumere incarichi di responsabilità creando stereotipi che sono concetti in estinzione. Il razzismo è *una malattia che non c'è*, e le persone che lo praticano vanno immunizzate con la persuasione e la condivisione dei principi.

Diversi personaggi di stirpe differenti sono presenti nella musica, nelle lettere, nel teatro, nel cinema, nello sport, nella tecnica, ecc., e per dare loro visibilità rimasti sconosciuti indico il libro *"Le mie Stelle Nere* di Lilian Thuram che annovera personaggi maschili e femminili non citati nei testi scolastici dove sono rappresentati quasi unicamente personaggi occidentali, creando lo stereotipo secondo cui in passato non fossero esistite eccellenze di stirpe diversa da chi la Storia l'ha scritta, omettendo di evidenziare persone che nel percorso storico erano inevitabilmente multietniche. Queste persone di pelle straniera: bruna, gialla e nera sono esistiti e sono stati collocati dal destino nella società del pianeta, onorando il loro compito.

Di fronte a esempi concreti e positivi, l'ossessione razzista ripone il successo di queste persone in presunti Pigmaglioni di razza superiore che ne hanno manovrato le leve. Ciò non è vero e molti esempi ne sono una testimonianza.

I "razzisti" rifiutano di condividere spazi, interessi culturali ed economici con persone di stirpe diversa o che hanno costumi ed estetismi considerati incompatibili e ciò avviene anche tra persone dello stesso ceppo.

Episodi del passato ci manifestano, una maggiore conoscenza del presente che si trasforma notte tempo tanto è la velocità dei cambiamenti che viviamo con riferimenti forieri di insegnamenti inseriti in una visione moderna, al fine di non ripetere errori pregressi, con la speranza di non generare studiosi senza anima, meno essenziali di altri uomini capaci di diffondere serenità per vivere e crescere insieme.

Nello stesso tempo è necessario spogliarsi dell'avvelenamento indotto da pretesti razzisti e rimuoverli per promuovere azioni a educarci alla tolleranza, con programmi di trasformazione che tutte le società dovrebbero dedicare al fenomeno di revisione universale che le nuove generazioni devono affrontare per integrarsi, onde evitare esodi disordinati di persone, che nel ricercare la propria salvezza incontrano un destino impietoso creando ad altri e spesso importunando la vita normale degli autoctoni che subiscono una invasione eccessiva.

Inutile negarlo, è visibile!!! Ed è inserita in una diaspora disordinata di una trama i cui interpreti nella terra di origine avrebbero migliori opportunità di quelle che cercano altrove se non la tradissero abbandonandola.

L'attenzione dei popoli attualmente non è coinvolta in interventi Internazionali di istruzione che vada oltre l'alfabetizzazione, ma sia l'espressione per indirizzare le Società più povere verso una erudizione paritaria con quella occidentale per ottenere concezione e *know-how* secondo cui non sia necessario emigrare in massa abbandonando il proprio territorio, la propria agricoltura, lasciando la propria Terra al dominio della desertificazione, al dominio di dittatori di terz'ordine in un miraggio che non c'è, nella speranza di un lavoro che non c'è, per una vita miserevole che c'è.

Nel mondo si organizzano manifestazioni di solidarietà per chiedere sostegno in aiuti, che sono transitori e raggiungono i destinatari per ritornare al mittente, nel gioco virtuale delle economie dei Paesi più ricchi; pronti a sostenere e fare nascere tirannie per i poveri privi di strutture e cultura competitive tanto da non potere paragonarsi con quelle ricche, come noto, in un affanno in cui gli stessi poveri recidono ogni speranza rincarando la dose delle tragedie e aumentando il risentimento che provoca forme di razzismo al contrario.

Il razzismo verso le persone bianche viene definito "razzismo al contrario che in realtà non esiste poiché esso non è rettilineo né rovescio né curvilineo, esso è solo razzismo, fomentato da cause animose e ossessioni che producono la formazione di focolai di odio sparsi ovunque, e ciò non garantisce la serenità delle future generazioni nelle Società più evolute né in quelle povere, ponendole in contrasto. Gli sforzi a tali scopi sono millantati da tutte le parti e si sono create assistenze senza anima, mentre la miseria e la mancanza dei valori essenziali rende schiavi i diseredati nella rincorsa di obbiettivi senza raggiungerli.

Appunto, chimere racchiuse nella fata morgana, venendo meno la dignità che con aiuti benché necessari, creano acrimonia, e non riconoscenza perché amministrati in modo finanziario e non missionario.

Acrimonia che si esprime in comportamenti di fanatismo religioso che prevaricano la Legge, creando discriminazioni e irritano le società più libere. L'intransigenza religiosa ha istaurato regimi che umiliano l'individualità, imponendo regole per le quali si viene torturati se non si porta la barba lunga per esempio, e l'ossessione del culto retrocede il cammino della civiltà.

Le popolazioni integraliste e intransigenti hanno perso il senso dell'autorità e dell'ordine antico, cedendo il passo al giustizialismo religioso, tribale e banditesco, permettendo malcostumi come l'infibulazione delle donne e altri comportamenti sgradevoli che *hanno sostituito la legge con la vendetta* e il giustizialismo.

Gli uomini che dissentono da questa *non-cultura* tacciono insieme alle donne coinvolte, per conservare la vita al prezzo dell'infamia che subiscono trasformando la costrizione in abitudine che abbraccia il razzismo nella privazione della libertà e nell'oltraggio della donna, imponendo arroganza e rivalità nel confronto con gli altri senza il rispetto che le stesse religioni predicano nella similitudine tra uomini e tra donne. Abbattere i fanatismi religiosi vuol dire demolire le discriminazioni che in esso dimorano per celebrare il Padre Eterno, ognuno secondo il proprio rito e tradizioni, senza prevaricare gli altri. Se ciò per molti è una illusione non di meno rimane un *sincretismo* da applicare nell'unione di genti e fedi religiose diverse, in una moderna concezione che ne amplia il destino.

GLI INSPIEGABILI

(West Side Story, Romeo e Giulietta: unica tragedia)

Si dice che il comportamento dei figli delle minoranze etniche che vivono nelle capitali cosmopolite degenerano in episodi di violenza, giudicate "inspiegabili ", e se pur vero in alcuni casi, non di meno lo sono le violenze degli *hooligan* o teppisti simili generate da persone della maggioranza etnica che nel prossimo futuro sarà accompagnata e copiata da persone della minoranza in quanto la violenza è contagiosa ed è facile da trasmettere. Basterebbe esaminare gli urli negli stadi contro i giocatori stranieri per capire da che tipo di persone provengano i *bhuuu* per essere esempio negativo per i prossimi tifosi che in parte saranno di "colore", costoro a chi faranno i cori razzisti? A quelli detti pel di carota per la loro pigmentazione lentigginosa e i capelli rossi?

Sono espressioni inspiegabili di violenza anche gli attentati dei baschi in Spagna, così come le violenze e le risse di quartiere tra cattolici e protestanti in Irlanda se pure hanno radici storiche.

Azioni di violenza imponderabile sono le pietre gettate dai cavalcavia sulle autostrade da ragazzi apparentemente inseriti nella società per nascita, e discendenza senza appartenere ad una minoranza etnica. Furono violenze anche quelle dei conquistadores nel Nuovo Mondo dove Pizarro, Cortes e altri con i loro *sgherri* hanno aggredito Popolazioni indifese adducendo attenuanti motivate da ragion di stato per l'espansione commerciale,

Con azioni che i soldati e coloni, avendo trovato un territorio vasto e vergine a loro disposizione, hanno sterminato in America milioni di autoctoni e barattato per la loro economia e benessere uomini e donne nati liberi, rendendoli schiavi con leggendaria e nota violenza. Seminando concetti impropri sulle diversità razziali non considerando le differenze culturali che sono il vero ostacolo alle integrazioni.

Altrettanto dicasi delle azioni che non hanno riferimenti culturali come quello dei tre giovani Romani che hanno bruciato vivo un somalo e che oggi sono liberi, e di quei bambini liberiani diventati carnefici poco più che dodicenni coinvolti in delitti con tanta ferocia da esserne fieri e sguazzare nelle pozze del sangue delle Vittime causato dal tiranno di turno.

Le situazioni come quella rappresentata in *West Side Story* e altre simili non sono più locandine teatrali di un musical, e non hanno più una coreografia di quartiere ma sono una realtà allargata, le cui violenze dal quartiere hanno varcato i confini internazionali percorrendo le strade cosmopolite delle città di tutti i continenti.

Il problema esiste e si è verificato negli scontri etnici in Svezia in Francia Inghilterra e altrove. Non si può delegare la soluzione di tematiche così difficili, ai rapporti interpersonali o solo alle soluzioni proposte da *studiosi* che non hanno fatto mai una passeggiata né hanno condiviso un sciai "alla pari", con un immigrato. Malgrado la loro grande cultura questi studiosi "parlano e agiscono come un libro di diritto" a causa del gergo raffinato, cavilloso e complicato ma in fondo solo parole difficili da capire che rimangono sterili e non comprese da chi ne ha bisogno. Sono trascorsi un centinaio di anni forse meno da quando i campanilismi di paese comportavano "aggressività inspiegabili" dovute alle appartenenze territoriali di villaggio, e gli epiloghi erano le sassaiole e scontri a suon di bastone.

Non esiste esempio più inspiegabile del genocidio verificatosi durante l'ultima guerra mondiale con lo sterminio degli ebrei, eppure è successo eppure è inspiegabile nell'epilogo della crudele e ingiustificabile vicenda dei forni crematori e ancor prima, nel quotidiano di quegli anni in cui le violenze erano ordinari comportamenti di insulti, umiliazioni e leggi razziali a danno del "diverso". (Chissà cosa vuol dire diverso...?)

Ciò non può essere considerato un processo storico inevitabile!... Inspiegabile. Sì! Che dire della aggressione del Regime Fascista in Grecia, in Etiopia, in Libia. Che dire dell'immigrazione europea in America dove gli immigrati venivano discriminati picchiati e offesi da etnie dello stesso ceppo perché considerati intrusi e roditori di quella società che con arroganza li ha indotti a reazioni "inspiegabili" prima, e alla formazione di associazioni per delinquere dopo.

Cosa Nostra ne è un esempio, insieme alle mafie cinesi, a quelle giapponesi, e russe, tanto che ormai sono delle multinazionali associate tra loro.

Questo tipo di vicende hanno influenzato i popoli con esempi di violenza praticati da persone del mondo ricco, considerate da quelle povere ad un livello di emancipazione superiore. Col tempo però gli esempi negativi perpetrati dalle società ricche hanno fatto cambiare l'opinione dei poveri in cui gli umili stanno imparando a svincolarsi dal plagio e non sentirsi così differenti dal resto della razza umana, in cui il ceppo che ha trasmesso gli esempi negativi più brutali è proprio quello emancipato che per essere arrivato prima degli altri alla modernizzazione, non rappresenta la stirpe esemplare dai comportamenti positivi di cui per altro non mancano esempi eccellenti, di altruismo e tolleranza.-

Le società avanzate e non, hanno un impegno e un mandato se vorranno accettarlo, nel fare in modo che gli appartenenti ad altri rami etnici imputati di essere i "diversi" non debbano trovare giustificazione ai propri comportamenti "inspiegabili" nei paragoni con esempi negativi di quei gruppi, che pur appartenendo ad un mondo più ricco, si sono autorizzati azioni violente fino a giungere al genocidio. (Non che tali esempi manchino nel Terzo Mondo). Creando parallelismi con espressioni entrate a fare parte del lessico quotidiano come quelle implicite nel termine di "pulizia etnica". Espressione che dovrebbe essere vietata Internazionalmente, pena l'arresto immediato, così come altri sillogismi inutili ma puntualmente diseducativi e offensivi.

Il fenomeno migratorio mondiale non dovrebbe abbinare Immigrazione disordinata con il razzismo e farli diventare sinonimi. L'accoglienza non è un dovere solo umanitario né di buonismo ricorrente, ma un problematico impegno per difendere e conservare i propri costumi passando attraverso l'accettazione garbata, consapevole e l'inserimento razionale dei nuovi arrivati che non può essere garantito a intere popolazioni in arrivo da altri territori. E coloro che arrivano se saranno inclusi nella collettività potranno diventare se lo vorranno nuovi cittadini nel rispetto obbligatorio di una nuova Patria, assorbendone la cultura che sono venuti a incontrare consapevolmente, per onorarla e rispettarla e difenderla. I mass media, danno l'informazione quotidiana e l'opportunità di testimoniare dal vivo che nei casi di intolleranza generatori di violenza si riscontra che non è il colore della pelle che implica la maggiore incidenza o meno nel commettere il reato, ma la povertà e la paura di essere prevaricati con la consapevolezza di non avere altro da perdere. Mentre gli autoctoni con ragione pensano all'eventuale perdita di identità, e di territorio, e va da se che occorrono regole rigorose. Dalle posizioni razziste si evince una visione planetaria in bianco o nero cosa non vera poiché essa è' policroma, esistono popoli gialli, neri, bianchi, e persino "blu": i Tuareg. E tutti insieme "appassionatamente" secondo proprie superstizioni e credenze praticano razzismo e violenze di ogni genere. Violenze che si manifestano anche a causa di un linguaggio a ruota libera senza controllo del lessico improprio e scurrile.

Ogni Re deriva da una stirpe di schiavi ed ogni schiavo ha dei Re tra i sui antenati. (Platone)

La salvezza del mondo risiede nella sofferenza umana. (W. Faulkner)

Se fossi religioso, direi che è venuta l'apocalisse. Siccome non sono religioso mi limito a dire che sono venuti i nazisti il che, forse, è la stessa cosa. (A. Moravia)

È impossibile cercare soluzioni con lo stesso modo di ragionare che ha creato il problema. (Einstein)

COMPORTAMENTI

I coloniali con il predominio su altri popoli non allacciarono con essi legami di rispetto e affiatamento e la loro sovranità fu beffardamente anche un processo di fecondazione delle donne indigene abbandonandole al proprio destino insieme alla prole generata. Interferenza che non fu indotta solo in Paesi a sud dell'equatore ma anche in estremo nord.

Per coloro che subirono l'arroganza da parte di chi praticò il razzismo, occorse del tempo per dimenticare e riconoscersi un'anima sovrana, stabilendo una reazione uguale e contraria che impedì ai gruppi etnici minori di riconoscerla nei razzisti.

Le violenze non motivate di cui sono imputati i "diversi", sono espressioni di rabbia viste in un orizzonte apparente che con esse accompagnano la ricerca di una collocazione non riconosciutagli, rendendosi ree per il rispetto ad ogni costo di tradizioni che ostacolano rapporti sereni, con barriere non essenziali residenti nelle antiche e nelle nuove culture.

Da queste barrire non riescono a liberarsi pur essendo vincoli trascinati nell'era moderna e sono di attrito alla lubrificazione necessaria per l'integrazione creando sacche settarie di persone nella sfera originaria e in quella immigrata.

L'immigrazione non deve trasformarsi in una invasione come succede ai giorni nostri, altrimenti le moltitudini in arrivo saranno viste come una minaccia, e bisogna considerare che un territorio aperto all'accoglienza migratoria non può diventare terra di conquista e arrembaggio, nel qual caso immigrazione sarà sinonimo di invasione e di razzismo diventando urgente regolare da subito il fenomeno.

Il cosmopolitismo non si identifica con le bancarelle del commercio abusivo e ambulante né con l'irritante presenza dei lavavetri agli incroci stradali. Le persone che irrompono in Europa con frammenti culturali di varia origine che sedimentando espressioni estetiche e comportamenti discutibili dovranno essere guidate, vigilate e limitate nell'interesse comune.

Il tema non può essere considerato con riferimento a studi eugenetici dai risvolti improbabili sul mito del sangue e da imbarazzanti considerazioni che hanno seminato rancore presso i destinatari del razzismo. I quali a loro volta riesumano l'arroganza che gli viene ricordata dal mondo razzista per mescolarla con risentimenti, superstizioni tribali e religiose allacciandosi a concetti di superiorità inesistenti per farsene scudo, diventando obsoleti, vulnerabili e aggressivi, a volte passivi, causando forme di "razzismo al contrario."

Censendosi secondo caste di appartenenza che li privano del diritto di raggiungere la loro autocoscienza, rendendosi diversi pur non essendolo, ma indotti ad esserlo perché tale immagine gli è imputata dalla Società più ricca e ostile che li vuole separati secondo assiomi impropri secondo un "tam-tam" mai percosso: "tu sei bianco, giallo, sei nero, misto, quindi: sei enigmatico." In un afflato continuo e irritante.

La definizione di "extracomunitario" pur non essendo una ingiuria viene usata appiattendo gli stranieri senza tenere conto che nell' anima di ognuno di loro esiste una dignità e il "ricordo ombelicale" per considerarsi in ogni caso turco, cinese, congolese, albanese e altro, per rimanere comunque rispettoso della società che li ha accolti nella deferenza della cultura che sono venuti a raggiungere per essere *soggetti non solo uguali nel diritto ma pari nella vita.*

Parità che tra i contemporanei non si riscontra nelle forme più semplici dei rapporti quotidiani come per esempio l'uso indiscriminato del tu, usato dal nativo per considerarsi più elevato nel rango sociale o da altri per essere più alla mano e moderni. L'Immigrato fa altrettanto uso del "tu" essendogli più conforme non conoscendo la sintassi né gli usi e costumi locali e forse per sentirsi più vicino al suo interlocutore. Il quale glielo pone in rilievo pedissequamente così come quando nelle colonie si ci rivolgeva a tutti i colonizzati dandogli del tu non rispettando gli usi del luogo dove nell'idioma di quelle latitudini usano più di un modo per rivolgersi alle persone in rapporto al grado sociale, dall'età, eccetera. Raggiungere la parità non significa solo riceverla ma corrisponderla e chi è considerato diverso, deve sforzarsi di raggiungerla tramite lo svincolamento accelerato da privilegi, che gli vengono attribuiti per agevolarlo nelle questioni materiali per instradarlo nel suo inserimento.

Se la società accetta l'inserimento degli immigrati attraverso la parità di doveri, di diritti e di immagine occorre fare rispettare a chi arriva che le corsie di preferenza create per aiutarli, non devono essere fraintese né interpretate, dai profughi e rifugiati come l'espediente per una situazione di assistenza dovuta perché non lo è, e non può esserlo all'infinito, al fine di non creare risentimenti "al contrario" da parte degli autoctoni le cui organizzazioni malavitose scardinano le regole dello Stato per trarne profitto deviando gli aiuti nelle loro tasche.

I luoghi comuni che implicano la collocazione del "diverso" in una immagine di chi è arrivato per sfruttare i canali di assistenza ancorandosi al concetto secondo cui tutto è dovuto in quanto profugo devono essere evitati scongiurando che la tutela ad oltranza non incoraggi forme di rilassamento che sostituiscono il rigore necessario per affrontare le difficili situazioni di inserimento nella nuova società.

Di cui non conoscono costumi, idioma né le altre forme di vita sociale del Paese accedendo pertanto con più facilità alla corsia immediata della criminalità. Alla quale non si accede perché si è appartenenti a un gruppo etnico più dotato a delinquere, bensì per la mancanza di educazione, istruzione, sensibilità ed estetismi adeguati.

Che vengono deviati nella paura di non trovare il pane per soddisfare gli istinti impellenti prima, e nella ricerca del "comodo benessere" dopo. Esprimendosi nelle organizzazioni malavitose delle bande con stessa etnia per difesa, avendo essi un idioma e abitudini comuni.

Queste situazioni sono causa di preoccupazione in quanto le nuove realtà non lasciano vivere il presente in una previsione di un futuro tranquillo. Le situazioni di ieri non saranno più attuali domani, dato che l'evoluzione e i cambiamenti delle vicende moderne sono rapide e mutevoli senza preavviso né transizione.

La tangibilità cosmopolita passa attraverso un ordito di culture e di etnie che si intersecano formando una società i cui membri dovranno imparare a convivere e a conoscersi accettandosi e migliorandosi in un caleidoscopio di regole che implicano comportamenti per raggiungere una comunione di principi che li rendano dignitosi negli atteggiamenti e nel pensiero per conservare le belle tradizioni ed eliminando quelle superflue lasciando spazio all'immaginazione e alla fantasia: un compito difficile!!!

In questo processo la scuola è il cardine essenziale ma non ha responsabili in organico né Dirigenti opportunamente addestrati al cosmopolitismo e che conoscano almeno una lingua straniera.

L'internazionalità associa la sua immagine al *melting pot* in cui il predominio delle etnie non sono permanenti né definite, e non lasciano trasparire la collocazione univoca del loro potere mantenendolo con distacco velato, ma forte, come nelle cosche.

Il che implica un razzismo raffinato dei ricchi se pure la barriera di espressione in una lingua comune è superata, e dove le fusioni matrimoniali tra gruppi etnici diversi non creano imbarazzo. L'integrazione sarà solo questione di tempo purché si riscontri in un potere equamente ripartito tra le etnie in una società multietnica che garantisca accesso a tutti i livelli sociali nella celebrazione delle diversità, riunite senza distinzione di Stirpe. I cui gruppi nel tempo si siano riuniti e fusi per appartenervi e formarne un unico insieme. E se tra essi un solo gruppo o una singola persona è diverso nelle caratteristiche somatiche l'insieme lo rappresenta ugualmente ed il singolo continua a fare parte della medesima Società, e non è escluso né ghettizzato, né messo in continuo confronto con la sua diversità.

Questa condizione di pluralità delle stirpi sotto la tutela dello Stato con l'educazione al rispetto di esse, è assoluta, inscindibile e propedeutica nel principio di cittadinanza, nazionalità e appartenenza.

Ciò non di meno la linea sottile che divide la superbia dalla lecita soddisfazione di appartenere ad una stirpe viene superata dall'orgoglio di considerarsi membro più eletto della maggioranza che per ragioni culturali e storiche ha abbracciato i "diversi" e quindi l'unione con gli altri diventa un fatto permanente, tanto che la superbia e l'egoismo vengono meno.

L'accettazione di questa realtà è indifferente per molti poiché stimano irreversibile la loro posizione e ignorano la trama del tessuto sociale che si sta formando nella Nazione in cui vive, arroccandosi dietro il rifiuto di non essere più l'unico rappresentante del genere di quella società.

Che sta mutando creando situazioni di eterogeneità tali e tante che è impossibile non accettarle come proprie, premesso che vengano imposte le regole opportune.

L'appartenenza a queste nuove situazioni spazia dallo sport alla musica e in tutti i settori sociali tanto da non essere imbarazzati se una medaglia sportiva viene vinta da una persona dai caratteri somatici diversi dalla norma generale.

Carlton Ettore Francesco Myers è nato a Londra ed è un giocatore di basket italiano di madre italiana e padre caraibico, ha vinto un Campionato Europeo con la Nazionale Italiana, ha vinto uno Scudetto, una Coppa Italia e una Supercoppa Italiana, mentre nella XXVII Olimpiade ad Atene è stato il Portabandiera dell'Italia e non sono mancate le polemiche sterili. Perché mai?

Fiona May è un esempio di cittadinanza acquisita ed è italiana in tutte le sue accezioni per legge.

Le obbiezioni a queste situazioni dipendono dal colore della pelle poiché altri esempi di sportivi che hanno raggiunto premiazioni da podio e che sono di origine straniere ma bianche, non hanno suscitato clamore. Confermando, purtroppo, che il colore della pelle segna sempre un confine.

Per esempio la signora Melendez, bella dominicana, nel vincere il titolo di Miss Italia ha generato polemiche inutili in coloro che non hanno capito il concetto di appartenenza del singolo. Il quale pur deviando nei suoi caratteri somatici da quelli predominanti rappresenta la diversità che di quel gruppo è parte inscindibile e rappresentativa di una realtà nuova, inserita e omologata in una famiglia in cui non vi è distinzione tra figli, figliastri e figli adottivi. Nel caso

Melendez l'accento polemico è determinato non dal fatto che la ragazza sia di un altro Paese o appartenente ad altre origini bensì dal fatto che ella è di pelle nera.

Condizione pregiudiziale nella polemica che sarebbe meno aspra se la Miss Italia di questo caso invece di essere nera fosse stata ugualmente dominicana ma di pelle chiara.

Questa ipotesi immaginata in una realtà simulata sarebbe stata accettata con soddisfazione per dimostrare civiltà nel pluralismo delle condizioni etniche, e quei battibecchi inutili che si sono verificati pubblicamente in trasmissioni televisive sarebbero stati evitati se per esempio al posto della Melendez fosse stata eletta Melba Ruffo, nota presentatrice televisiva, che essendo ugualmente dominicana e con cittadinanza acquisita, ma bianca non ci sarebbero state obbiezioni. Tralasciando di umiliare, nel caso della Melendez, che non ha colpa se non il pregio di essere bella ed inclusa nella nuova realtà sociale non per sua volontà ma per ricorsi della vita moderna e delle leggi a cui si è adeguata come fanno tanti di pelle bianca in altri Paesi.

Per evitare l'insorgere di risentimenti nel caso specifico ed in altri simili sulle diversità è da evidenziare la responsabilità che hanno le immagini televisive e altri mezzi di comunicazione.

Che dovrebbero proporre nei loro palinsesti dialoghi e critiche presentate con cautela e competenza di linguaggio, poiché esse sono l'unica fonte di conoscenza per molti che possono interpretarle in altro senso ispirandosi all'onda momentanea di moda razzista che è ricorrente in un gioco e ripicche delle parti.

In alcune Nazioni il processo multietnico è una realtà consumata perché è iniziato prima e il concetto di "pelle straniera" persiste, ma non è rilevante, pur rimanendo evidenti i comportamenti residui e non essenziali importati da altre culture.

Che creano incompatibilità innescando diffidenza, creata da racconti e commenti negativi ascoltati secondo luoghi comuni, evidenziati da immagini crude e vere del degrado pubblicizzate dai media che attivano posizioni critiche, nel pieno diritto dell'esercizio della loro Professione.

Ciò non di meno è auspicabile che non si verifichi un eccesivo dissociamento tra immagine e realtà altrimenti il razzismo si svilupperà anche contro chi è diabetico, chi è albino o ha i capelli rossi, oppure perché è giallo dopo avere sofferto l'epatite cedendo a licenze di malcostume non necessarie nell'apostrofare altre persone come "abbronzato" per evidenziare impropriamente e volgarmente le origini miste, vedi il caso del Presidente Obama così villanamente apostrofato.

Certo: *abbronzato* non è un insulto però, anche cieco non lo è, ma si preferisce dire "non vedente", così i sardi non vogliono essere chiamati "sardegnoli" come gli asinelli della Sardegna, e tante altre espressioni che devono essere escluse dal lessico comune. Dire che una persona è di colore è anche essa una espressione inopportuna.

In Africa Orientale gli indigeni che sono neri, non volevano essere chiamati *neri* perché il significato della parola era frequentemente usato in accezione e maniere dispregiative.

Quindi i vecchi coloniali pensando di non essere contraddetti esordirono chiamandoli "grilli" richiamandosi al colore dell'insetto, e così si comportarono in modo ancora meno opportuno trasformando il lessico in sfottò e contumelie.

In America del Nord i cittadini di varie origini sono un insieme che nelle occasioni di interesse comune come nei casi di belligeranza ed emergenze nazionali, concorrono con dedizione e eroismo in nome della patria e della società di cui sono fieri, al di là delle differenze etniche.

Le culture dove esiste la "multi etnicità" sono educate ad abbracciare parte di quella comune con valori condivisi che li distingue, li unisce e li divide nella vita, per la strada, a scuola e persino in chiesa pur non riconoscendosi pienamente rimangono necessariamente comunitari e cittadini.

ESTETISMI E DEREGULATION

(Mal d'Africa, Araba Fenice... chissà!)

La sfera sviluppata del mondo è diventata sofisticata nella economia, nell'arte e nell'estetica potendo raggiungere espressioni raffinate nella moda, nella cucina nel teatro e in altre attività raffinate. I popoli poveri non possono permettersi di inseguire queste espressioni raffinate per mancanza di denaro e non possono colmare repentinamente il distacco, essendo partiti più tardi e in loro prevale il timore di potere tradire la propria cultura. L'estetica implica ai ricchi un tenore di vita per cui il divario con i poveri è ampio, generando insofferenze in chi non può, ma avrebbe voglia di assorbire questi estetismi per goderli. Ciò si verifica anche tra gente della stessa stirpe, della stessa città, della stessa Nazione.

Il Terzo Mondo risponde, accentuando la conservazione delle proprie immagini antiche che se pur belle, andrebbero rinnovate per non rimanere condizionate in una estenuante enfasi e reiterazione del folclore, perdendo le opportunità di fondersi in nuovi orizzonti che sperava di incontrare nel percorso migratorio che in realtà offre umiliazioni e morte.

Alcuni figli di immigrati di prima generazione per riconoscersi simili ai compagni autoctoni, ornano le loro frasi con bestemmie ed espressioni di dubbio gusto, ripescate nel gergo originario popolare del Paese ospitante. A tali scopi le Organizzazioni agiscono mediante l'assistenza sociale con programmi retorici nel dibattito sugli estetismi, che non essendo una esigenza primaria, è pur sempre essenziale nei rapporti tra le persone di cultura diversa per catalizzare il loro inserimento.

Evitando di rendere la persona bianca più "bianca" ad ogni costo, e quello nero più "nero", ognuno per non tradire le proprie radici che ormai sono globali e bisogna attribuirgli uno spirito diverso non conservandole in naftalina per volere essere nero o bianco ad ogni costo!!! E non scrivendo insulti a sfondo razziale sui muri della città. Praticare il razzismo diventa un fatto estetico per aderire ad atteggiamenti del "branco" e sentirsi schierato in nicchie per considerarsi alla moda e seguire una corrente isterica collettiva, che degenera in violenza, prevaricazioni e soddisfazione nel modo di apparire.

Il "Mal d'Africa" è come l'Araba Fenice, che vi sia ognun lo dice, dove sia nessuno lo sa, e ha fatto sognare generazioni in sentimenti di amore, nel ricordo delle bellezze e delle comodità di chi può o ha potuto permettterselo.

Questo aspetto è distribuito in territori simili tra loro nella povertà e nello splendore della natura, per la semplicità e per le tragedie: in Sud America, in Estremo Oriente e altrove.

Anche sulle Alpi o in Himalaya si possono sentire impulsi di nostalgia che accomunano la voglia di ubriacarsi di natura e di sue bellezze. Ognuno le chiama come più gli garba: Mal d'Oriente, Richiamo della foresta, o altro.

Nelle latitudini meridionali risiedono testimonianze di fame e di tragedia, che negli incantati paesaggi falcia le aspirazioni dei poveri nella menzognera soddisfazione di chi le ha valutate per i vantaggi e piacevoli sensazioni che gli ha procurato, in un cocktail di esotismo, romanticismo e con quel pizzico di razzismo insito nel privilegio di chi ha denaro, bastano duemila euro in più.

Ognuno potrebbe scrivere la sua Africa, il suo Guatemala o il suo Oriente così come li ha vissuti, con toni che l'esotismo gli suggerisce nel descrivere quella bellezza a cui ci si abitua, finendo per trascurarla e lasciarla morire. Così come ci si abitua al degrado, per morire con esso.

Desiderio di tornare in questi luoghi è ricorrente, per ritrovare scenari colori, aneddoti e riferimenti di persone autoctone ridenti e ospitali, con animo genuino, che sta sparendo con soffocazione e mestizia poiché le cose belle sono tramutate in violenze da terrorismi, guerre e miseria. Africani, asiatici, sud americani non vedono nel prossimo il sorriso caritatevole, e sincero di chi si avvicina per dargli soccorso perché ha paura. Paura di essere prevaricato, paura di incontrare un nuovo "maestro", che non possiede né l'esperienza né la flessibilità per comprendere le esigenze della loro vita, e che può trasformarsi in un aguzzino, in un ladro, in un pedofilo o mercante di organi umani.

L'esotismo tropicale è contenuto in un caleidoscopio di sorrisi, di grida e gesti scomposti, dell'odore di sudore vecchio sulle magliette stracciate, di arsura, di acque maestose, di siccità, di spazi allargati, di malaria, di Aids e di Ebola, insieme alla mancanza di rigore, nella gestione di opifici mai entrati in produzione a causa della trascuratezza, della burocrazia e della mancanza di manutenzione. Concetto "sconosciuto" in quelle latitudini che ostentano verso il cielo ciminiere spente.

Nei Paesi detti "in via di sviluppo" dilaga una logorante burocrazia che ha reso prigioniera la loro vita con procedure anche quando si vuole comperare pochi grammi di zucchero obbligando la gente a file sterminate per ottenere l'approvazione da un caporale borioso e corrotto, che arrogante nel suo incarico è in attesa di pochi spiccioli di corruzione per permettere di scavalcare la fila a chi paga, lasciando sotto il sole cocente le altre persone.

Ciò comprende anche le attuali Amministrazioni che nella ricerca della libertà ha perso l'anima efficiente, pragmatica e rigorosa ereditata dal Colonialismo e, non riuscendo a sostenerla torna a riunirsi in un arcaico socialismo e solidarietà ereditata per fortuna dagli avi dove si rifugia chi non ha casa, non ha lavoro e non possiede nemmeno gli stracci che indossa sopravvivendo in una osmosi sociale tra clan, in cui una persona con un lavoro ne sostiene molte altre, che fanno affidamento su di lui per un tozzo di pane e sono quegli stessi clan che spesso si fronteggiano per questione di stirpe...

I poveri piangono i propri figli uccisi dalle malattie dalla fame, e dal crescente banditismo, o da contrasti tra caste e tribalismi, anche religiosi. Il mito dell'esotismo è molto di più; e si estende nell'aria con odore di spezie nei mercati con le fognature a cielo aperto, malattie, miseria, bonarietà e dignità mista a furbizie, a superbia, litigiosità e razzismi.

Un Terzo Mondo, confuso che grida al salvataggio sin dal percorso iniziato con i primi viaggi dei grandi navigatori che nel fare un favore alla storia con le scoperte geografiche hanno garantito ai popoli un futuro reciso dalla "civilizzazione " unilaterale del colonialismo.

Visitando i Paesi australi diventiamo testimoni, osservando le persone e la natura, imparando che non sono solo una espressione geografica in cui racchiudere l'individuo giallo o nero, che un giorno ricorderanno con acrimonia e amarezza l'impassibilità dei visitatori.

In questi continenti risiedono etnie con molti idiomi e non sono identificabili dal colore della pelle perché esso non è il parametro che li identifica né li unisce in quanto ognuno è diverso per storia, cultura, religione e personalità.

Queste genti sono eredi della loro storia che fin dal 1498 ha contenuto e compresso, ideali e progetti per il progresso autonomo del proprio futuro; che è stato umiliato da uomini venuti da lontano, con mezzi e conoscenze avanzate, che hanno imposto regole, per carpire il territorio e affogarne le aspirazioni, sottomettendoli con piraterie per le risorse naturali: l'oro, il legno, i diamanti, e la terra rigogliosa, lasciando quella arida e rocciosa ai veri proprietari, fino a giungere ai nostri giorni dove l'uranio e il gas, insieme al petrolio e al coltan sono bottini ambiti e contesi di ultima genesi di sfruttamento. Per non parlare del *land grubbing*: una nuova frontiera di sottomissione e neocolonialismo di recente generazione. L'Africa era terra di uomini liberi e dopo le conquiste, l'uomo più emancipato ha resi schiavi per arricchirsi considerandoli una entità di baratto, per imporre fino ai nostri giorni scelte politiche economiche e territoriali su popoli che hanno dovuto subire la tragedia del traffico delle armi, i soprusi dei mercenari, il traffico delle persone e i genocidi.

Non si può evitare un flashback del film *Amistad* di Spielberg in cui in forme, tempi e finalità diverse i contesti sono conciliabili con le situazioni odierne.

L'esotismo trova sinonimi anche fuori dal fascino ambientale e si traduce nel valore del denaro inducendo a comportamenti in cui uno scellino o una rupia calpesta l'onore, e la dignità. Ancora oggi si può comperare un ragazzino o una bimba in quei territori da un padre indotto a perdere la propria onorabilità, perché sommerso dalla miseria che i ricchi non considerano, illudendosi di mimetizzarsi nell'abitudine alla loro sazietà ed egoismo, dato che tale fardello lo considera apparente e lontano dai suoi confini non toccandolo esplicitamente poiché: è una cosa altrui, di coloro che soffrono una realtà lontana.

Il "Mal d'Africa" o "Mal di Oriente" è una terapia equivoca, alla ricerca di reginette di bellezza nei club, scolando Pina Colada, o succo di ananas, inebriandosi di whisky, birra e facendo sesso facile.

Questi comportamenti risiedevano anche negli atteggiamenti dei vecchi coloniali che da ospiti divennero padroni, non rinunciando al servizio facile di guardiani, giardinieri, autisti, domestici in divisa prezzolati con pochi denari ma con l'autorità di chi poteva prevaricare altri uomini, retribuendoli con quattro soldi, trattandoli con superbia nel chiedere ciò che mai avrebbe chiesto al proprio figlio, costringendolo nella consapevolezza della sua impotenza alla ribellione, umiliandolo con l'insulto.

Atteggiamenti che caricarono gli animi di livore che si legge negli occhi dei poveri che non riescono a svincolarsi dai lacci del colonialismo residuo, riflesso negli atteggiamenti e nelle scelte dei dittatori del terzo mondo che agiscono emulando gli stessi metodi repressivi dei loro precedenti "padroni".

E trasformando l'abitudine secolare alla rassegnazione in un silenzioso vizio: l'asservimento. I tiranni consapevoli dell'incapacità alla rivolta dei propri sudditi sono i *war lords* che si sono sostituiti ai coloniali diventando una patologia incurabile, perché condivisa con i clan di maggiore supremazia di quel Paese, facendo predominare il concetto di etnia in una osservanza subdola di razzismo tra simili.

Coloro che si recano a queste latitudini per farsi delle endovenose di esotismo, sono spettatori di tragiche realtà e non possono che ringraziare Dio per non avergli serbato lo stesso destino.

Finite le vacanze si torna a casa per riprendere il tram e andare in ufficio con la speranza di "drogarsi" é di esotico la prossima volta, la prossima estate, in nome dell'onnipotenza che vuol dire *sentirsi diverso a propria insaputa.*

Frequentando i buffet dei grandi alberghi i turisti e gli espatriati si rifocillano serviti in questa opulenza incastonata in un regno di miseria in cui un pasto viene pagato una somma pari al loro stipendio Quindicinale o mensile, necessario per il sostentamento e l'istruzione della sua intera famiglia per lo stesso periodo.

Esotismo non è l'intossicazione piacevole di chi ha la pancia piena. Esso è anche un Terzo Mondo, con comportamenti senza regole, che impone caos, disordine nelle strade dove repentinamente si può cambiare senso di marcia, si può parcheggiare dove e come si vuole, ciò succede anche in Europa ma con eccezioni che confermano le regole. La *deregulation* intesa nel senso "faccio come mi pare" è distribuita indistintamente nel Sud del Mondo: dove capita di ritrovarsi in volo da Accra a Entebbe senza avere il proprio posto a sedere assegnato, perché ognuno ha deciso di sedersi dove gli pare con il consenso dell'equipaggio nella libera interpretazione della *deregulation africana* in questo caso vanitosa e arrogante; e si può essere apostrofati negativamente alla richiesta del ripristino delle assegnazioni dei posti.

Oppure significa ritrovarsi sotto le finestre degli ospedali, con i rifiuti che non vengono raccolti ma accatastati sotto le finestre delle sale operatorie creando stratigrafie di sporcizia tali da poterne stabilire l'era della sedimentazione, malgrado i *sanitation day* proclamati dalle Autorità che delegano in queste manifestazioni di igiene collettiva iniezioni di sporcizia, che da un angolo vengono spostate e lasciate nell'altro angolo pochi passi più avanti.

Significa anche, ritornare in questi martoriati Terzi Mondi dopo un periodo di assenza, passare per una strada e riconoscere una rotonda al centro della quale si ergeva un monumento rappresentante il deposto governatore, e vedere la statua ora distrutta dalla collera popolare o dal successivo despota e riconoscere i resti del cippo e di un braccio o del busto rimasto a memento dei tempi passati sparsi al suolo, per cancellare i ricordi storici.

Questo spettacolo raffigura un paradigma del tracciato storico africano, seminato da detriti. Mentre, al contrario le steli monitrici dovrebbero essere conservate intatte per non ripetere repressioni pregresse che le stesse lapidi potrebbero ricordare non abbattendole. Questa *deregulation* che crea disordine per fortuna si rivaluta in comportamenti collettivi e atavici di grande sapienza, saggezza e dignità e si riscontrano nelle campagne e nei villaggi nel rispetto e conservazione delle regole antiche, con metodi e tempi per le attività di caccia, per la pesca e per la semina consolidati nel corso dei secoli, nel rispetto della natura e delle leggi dei loro avi che sono un patrimonio di grande valore.

In parte il Sud del Mondo è diventato un insieme di contraddizioni piacevoli e irritanti in una corsa che crea delirio di onnipotenza in una variabilità di colori immagini ed estetismi in netto contrasto fra loro.

La salvezza del mondo risiede nella sofferenza umana. (W. Faulkner)

Se fossi religioso, direi che è venuta l'apocalisse. Siccome non sono religioso mi limito a dire che sono venuti i nazisti il che, forse, è la stessa cosa. (A. Moravia)

RITORNO AL COLONIALISMO?

(Gemellaggi, cooperazione, finanziarie?)

Molte persone hanno amato le colonie: a modo loro, non per emanciparle ma per sottometterle e rastrellarne le risorse, per goderla nelle sue bellezze nella interpretazione di una finzione folle o semplicemente per avere un posto dove vivere spesso ignorando la popolazione autoctona.

Queste persone hanno postumi residui di colonialismo e avanzano l'ipotesi di un ritorno alle colonie magari cambiando nome a questo evento, con lo scopo di aiutare i Paesi del Terzo Mondo per "salvarli". Di questo passo si potrebbe ipotizzare il ritorno di Milano agli austriaci, il Piemonte ai Savoia e il sud Italia ai Borbone. Invece è tempo di lasciare agli abitanti di ogni continente, lo spazio necessario per lo svincolo dal traffico delle armi, dall'usura economica internazionale e dalla mortificazione inflittagli dai colonizzatori antichi e moderni. Impedendo insediamenti di potere caporalesco come è sempre stato dopo le Colonie salvo qualche caso raro. Senza ipotizzare nuove umiliazioni neocolonialiste per togliere ai destinatari il decoro e sopravvivere allo sciacallaggio che per esso si sono create forme di assistenza che non conducono a durature conclusioni.

Nelson Mandela non avrebbe potuto esistere in Nigeria ma solo in Sud Africa poiché la conquista della libertà è stata digerita con battaglie etiche e con la sofferenza guerreggiata dei popoli. *Popoli* e NON *territorio* dato che di persone bisogna parlare in quanto mentre si parla di Africa si parla sempre di territorio e mai dei suoi abitanti, che sono i sovrani del loro destino e delle loro ricchezze.

Si dice che il colonialismo ha lasciato nei territori occupati sistemi amministrativi, ed è vero. Ma si dice anche che si sono lasciate in eredità le lingue Europee affinché le stirpi Africane comunicassero tra loro.

Questo atteggiamento è del tutto inadeguato ed è razzista poiché prima del colonialismo gli africani non erano muti ma avevano i loro idiomi antichi, con i quali si esprimevano e continuano a farlo oggi.

L'Amarico per esempio è una lingua semitica con propria scrittura tra le più antiche del mondo ed è un idioma africano molto bello, forbito ricco di regole grammaticali ed è generata da una lingua madre, il Ghez, da cui discende.

Colonialismo? No, grazie!!! Affiliamenti propedeutici per lo sviluppo Sì! Per creare un futuro migliore che non alberga nei riflessi del maggiore o minore potere economico, ma nel maggiore senso civico per diventare consapevoli e vivere un *mondo condominiale*, aderendo alle responsabilità e alle conoscenze per dare corso tangibile a una politica cosmopolita dal volto umano e condiviso, attraverso investimenti nel territorio.

Al fine di evitare una *colonizzazione al contrario* che con l'immigrazione arriva in Europa e *viene* attuata spesso in clandestinità da persone ignare di incontrare un destino avverso.

Le carovane di immigrati come noto viaggiano con mezzi precari e le persone addossate l'un l'altra viaggiano a quaranta gradi sotto il sole, in un percorso di settimane per morire nel deserto lungo il tragitto, e consumarsi lentamente alla ebollizione della sabbia dove un uovo può essere fritto al suo calore.

Questo percorso intrapreso dagli emigranti che non sono in grado di valutare quanto supplizio incontreranno viaggiando con pochissima acqua da bere e pochi viveri, granaglie arrostite, per percorrere un cammino di seimila chilometri su piste che spariscono col vento, su tracciati di sabbia compattata dal passare delle corriere della morte sulle dune barcane.

Coloro che sopravvivono arrivano in Libia dove si fermano per essere umiliati, stuprate patendo mortificazioni in un crescendo che dura anche qualche anno con privazioni di ogni genere tra l'indifferenza di tutti e rimangono in questo Paese per lavorare come bestie, clandestinamente in attesa di imbarcarsi per l'Europa. I punti di imbarco sono ignoti e conosciuti solo dai mercanti di morte, contrabbandieri di vite umane. I quali come noto fanno salire a bordo dei natanti sgangherati i clandestini esigendo somme superiori ai tre o quattromila euro. Per un viaggio incerto con destinazione ignota e rotta sconosciuta in un mare che sarà la coltre del loro trapasso, dei loro figli, delle loro sorelle, madri e speranze.

Pensando che dal luogo di origine delle derive migratorie (l'Eritrea, la Siria, il Sudan, la Somalia, Il Pakistan, l'Egitto, il Marocco e altri Paesi ancora) la durata del viaggio in aereo è di sei o sette ore di volo e il costo A/R è di seicento/settecento euro, viene spontaneo chiedersi quale sia la logica di tanto sacrificio e scegliere una strada tanto dura, quando la soluzione rapida e legale sarebbe a portata di mano. Le ragioni sono molteplici, prima fra tutte la costante presenza della Polizia Segreta che del loro mestiere hanno fatto un arma di ricatto e di soprusi. Uscire dal proprio Paese senza visto di espatrio è impresa ardua e pericolosa, e il motivo risiede nel despotismo e nella repressione delle Autorità le cui ragioni si desumono nei racconti dei protagonisti di queste tragedie.

Questi emigranti non sono indirizzati, dalle Rappresentanze Consolari presso i Paesi di provenienza e quando hanno un visto di espatrio delle loro Autorità non ottengono un visto di ingresso per l'Europa. Purtroppo, è stato scoperto che a volte gli stessi impiegati consolari si sono resi rei di subornazione e oggetto di scambio dei visti di ingresso a caro prezzo!!! Pertanto se la montagna non va da Maometto, Maometto va alla montagna. E quei popoli in cerca di salvezza attraversano il deserto e il mare non valutando che per essi sarà solo dolore, sacrificio e morte.

Questa situazione peggiora la condizione dei migranti che essendo incolti non sono facilmente governabili in questa crescente *deregulation*. Concedere il visto di ingresso dovrebbe essere il criterio giusto per evitare le morti durante le traversate assassine e si eviterebbe che certi migranti si rifiutino di farsi identificare, perché se privi di documenti non transiterebbero le frontiere, quindi tornerebbero ad essere clandestini.

Non passerà molto tempo che questa invasione sregolata e selvaggia sarà motivo di dissenso e ostilità anche per gli emigrati regolari che volenti o nolenti osteggeranno questo modo di arrivare, nocivo anche al loro insediamento e alla loro immagine. L'inammissibile ritorno al colonialismo è cosa assurda, ma oggi in Africa si sta verificando un evento mostruoso da citare: il Land-Grubbing con le conseguenze associate a un subdolo neocolonialismo.

Le Organizzazioni che contano non protestano a sufficienza per frenare e vincolare con delle regole questo fenomeno che consente di raccogliere il frutto del lavoro agricolo a detrimento dei veri padroni di quelle terre. Il fenomeno è in corso d'opera da alcuni anni ma se ne parla poco e nessuno lo denuncia come una nuova oppressione che causa situazioni ambigue e inaccettabili. "Ai posteri l'ardua sentenza!!!"

IL MITO CHE NON C'È

Il riconoscimento delle diversità e la loro fusione sono diffidate da coloro che incoraggiano idee razziste contro il meticciato adducendo che i meticci non sanno da che parte stare perché sono privi di identità non sentendosi né europei né asiatici, né africani e asseriscono che non esiste società di razza mista che costituisca un esempio positivo di governabilità e gestibilità in una convivenza pacifica.

Il meticciato, è stato calunniato in passato su periodici come "la difesa della razza", e definito: reato contro Dio, a sfavore della vita e dell'umanità contaminando l'Italica Stirpe. Se ciò no è calunnia, cos'è la verità?

Ciò è smentito, per esempio, dalla esistenza di una minuscola realtà meticcia residente in Italia figlia della guerra italiana nelle colonie, che è una generazione di italiani con la cittadinanza per *diritto di sangue* e no per bollo, ed è una realtà pacifica, seria, onorevole, dignitosamente inserita nella comunità che hanno scelto di appartenere. Tanto che nessuno ne nota la presenza in quanto formata da italiani che agiscono come tali.

Sebbene in passato queste persone generate da due stirpi abbiano subito insulti e umiliazioni, senza riceverne le scuse a causa delle leggi razziali del 1938, che rifiutandoli li hanno resi "paria" e venivano apostrofati come "figli del peccato".

Come non ricordare l'afflato ingiurioso nel suono lacerante sprigionato dalle labbra che hanno ferito l'onorabilità di diverse generazioni miste nate nella Colonia: i *dikala*.

Questa infelice espressione fu un tormentone razzista pedissequamente ricorrente per le strade, a scuola, e a volte in famiglia.

Era una parola insolente usata, per indicare in senso tipico una persona mista, che in lingua locale si dice *anfez* senza accezioni negative, *dikala* diversamente significa "bastardo", ed è una indecenza usata dalle persone meno credibili al mondo ad esercitarla, poiché gli autoctoni per primi hanno riferimenti etnici plurimi i cui gruppi interni al perimetro Nazionale si scontrano e ingiuriano anche odiernamente che siamo nel 2013. Quindi *dikala* appartiene ad un linguaggio lontano nel tempo che dovrebbe essere annullato per sempre. Porgendo amichevoli ma dolenti scuse, se vorranno, alle generazioni destinatarie di simili contumelie.

Ulteriore esempio concreto è quello della popolazione messicana che ha circa 112 milioni di abitanti di cui il 65% sono meticci e rappresentano una Nuova Stirpe sin dal XVI secolo.

Esempi di fusioni etniche "importanti', sono rappresentati da personaggi di origine miste o nate in territori d'oltremare come:

- la creola bianca, Josphine de Buoarnais, Imperatrice di Francia, originaria della Martinica;

- Alexandre Dumas, generale napoleonico e grande scrittore la cui madre era una schiava nera di Haiti, dalla quale ha preso il cognome mentre il padre fu il marchese Davy de la Pailleterie, con i cui romanzi, quelli di Dumas, sono cresciute diverse generazioni Europee dall'Ottocento ad oggi. Basti ricordare: *I tre Moschettieri*, *Vent'anni dopo*, *Il conte di Monte Cristo*, e altri, e così dicesi di Dumas figlio con *La signora delle Camelie*, e altri ancora;

- Aleksandre Serghievich Pushkin, il più grande poeta russo le cui origini materne risalgono agli altipiani etiopici.

Le vicende matrimoniali delle Case regnanti in Europa le cui famiglie si sono sviluppate con incroci che vanno dalla Savoia al Montenegro, dai Battemberg della Germania ai Windsor dell'Inghilterra ai Romanov di Russia, dai regnanti di Spagna a quelli della Grecia e agli Austroungarici, furono un criterio per la conservazione della nobiltà e del potere.

Queste fusioni hanno creato fantasie e realtà regali, comunque: appartenenti a generazioni meticce di nobili stirpi, a cui furono legati le sorti dei loro popoli. Ai giorni nostri esistono altre realtà in cui essere meticcio non definisce né la sua migliore né la sua peggiore collocazione nelle società che gli appartengono, ma rappresentano se stessi nella dignità che la loro discendenza, la loro capacità e sorte gli ha riservato come:

- J.K. Rawiling, il Presidente del Ghana di madre ghanese e padre scozzese.

- Il Re Abdallah di Giordania, figlio di Hussein, di mamma inglese con discendenza ebraica ed erede del retaggio paterno da cui si è sentito inscindibile.

- Karim, il più recente Aga-Kan che rispecchia in lui radici di origini miste ed è il Principe ed il capo religioso della sua stirpe di ismailiti imami sciiti

- Anche Gengis Kan, il mongolo più famoso, tentò di rafforzare il suo potere e dominio con matrimoni misti in Cina.

- Menelik Primo era figlio di Mekeda Imperatrice di Saba e di Re Salomone che hanno celebrato nella loro fusione: il mito della Dinastia del Leone di Giuda.

Queste storie sono affascinanti e continuare ad elencarle si rischierebbe di emulare un mito che non c'è: quello del meticcio.

Dio solo sa se di miti non ce ne siano già troppi e comunque ben vengano se contribuiscono a creare pagine piacevoli in cui leggenda e realtà si mescolano, come nella mitologia greco-romana e in altre di tutti i popoli della Terra in cui l'uomo ha riposto i suoi sogni in leggende dove gli Eroi sono figli degli Dei e dei comuni mortali due stirpi diverse che hanno procreato semidei, appunto meticci. Nella Storia antica di Roma per fare un esempio: i Romani e i Sabini, due tribù di stirpe diversa, si fusero geneticamente per creare dopo il ratto delle sabine, una nuova stirpe: quella dei Quiriti ovvero i futuri padroni del mondo: i Romani.

Tra gli obbiettivi irrealizzabili nei miti razzisti si nascondono veleni inutili che hanno privato il Meticcio della propria autocoscienza ad essere se stesso imputandogli l'ambiguità di appartenenza e la mancanza di identità. Non lasciandogli il diritto di respingere tali luoghi comuni che di bocca in bocca sono diventati aforismi privi di verità e ricorrenti tra i poveri di pensiero.

Con il passare del tempo il meticcio ha imparato a dissociarsi da queste affermazioni presuntuose di casta, respingendole per allontanarsi dal plagio razzista e per ribellarsi contro chiunque voglia ad ogni costo relegarlo tra coloro che non sanno da che parte stare.

In realtà non sono i meticci che non sanno da che parte stare bensì le caste a cui appartengono biologicamente che lo vogliono simile a ciascuno di loro.

Similitudine che il meticcio moderno deve rifiutare poiché la sua collocazione non può essergli imposta reciprocamente dalle caste coinvolte nella sua nascita e nella lotta alla sua collocazione etnica e culturale, bensì dalla educazione e cultura a cui aderisce senza violenza e non per avere due anime ma per essere padrone di una sua anima più grande che se vuole è capace di contenerle o rifiutarle ambedue. L'appartenenza di casta o l'adesione culturale più confacente a se stesso è un diritto inalienabile e personale del cittadino meticcio che deve negare il ballottaggio della sua appartenenza anche a parenti o persone care a costo di dispiacergli e allontanarli.

Non permettendo loro di tirarlo da una parte e dall'altra delle stirpi di sua appartenenza in quanto solo lui è degno padrone e sovrano di se stesso e decide autonomamente da che parte stare.

Qualora egli consideri di esserne gratificato può aderire anche ad ambedue le culture da cui è nato perché egli ne ha la forza essendone l'erede.

L'educazione e la formazione sono i genitori che devono contribuire a dargliela, creandosi anche loro la mentalità e la cultura bivalente cosmopolita più ampia, adeguata e necessaria allo scopo, sin dall'istante in cui per consapevolezza o per caso sono stati i responsabili della sua nascita e della sua tutela.

Coloro che possono avvalersi di tali genitori sono favoriti dalla sorte e lo sono meno coloro che appartengono a una famiglia incolta e litigiosa che vivono nel dilemma sterile di preoccuparsi dove collocare il proprio figlio nei gironi delle caste.

Creandogli complessi di incertezza che egli è in grado di demolire solo quando sarà lontano da questa scomoda posizione di dipendenza morale e famigliare riprendendosi la sua identità come uomo o donna in quella società e cultura a cui decide di appartenere. E se occorrerà non facendosi scrupoli a dare un calcio a quella di chi non gliela riconosce e lo vuole a metà strada ad ogni costo.

La consapevolezza di appartenere a una stirpe e il desiderio di sapere quali siano le proprie origini è uno scrutinio dell'uomo sul suo passato dal quale non può esimersi perché la curiosità in lui innata lo ha portato nel corso della storia a studi antropologici e scoperte rilevanti sulle sue origini primordiali.

Le quali risalgono a quelle di Lucy in Etiopia che è la più lontana nel tempo e altre in Tanzania, che per ironia della sorte e dei miti razzisti sono scoperte la cui collocazione geografica implica la appartenenza delle origini dell'uomo ad altri uomini dalla pelle bruna.

Si dice che per il filo di Adamo siamo tutti parenti ma l'incertezza di cui vengono imputati i figli di unioni miste è una infamia in quanto il tentennamento del meticcio nei confronti delle etnie che gli appartengono non sono dubbi né confusioni genetiche ma comportamenti di rispetto e cautela per non ferire, e non offendere né l'una né l'altra parte che lo hanno generato. Il meticcio deve assumersi la responsabilità di abbattere questo atteggiamento poiché lo rende vulnerabile al vigliacco e opportunista, anche tra i consanguinei, che lo vogliono succube e disponibile alle loro presunte concessioni nel concedergli riconoscimenti non richiesti, non necessari e appartenenti alla personale fantasia dei consanguinei creatrice di memorie inutili.

Accampando diritti inesistenti e pontificando giudizi in un ambito dove le alchimie di razza residenti nelle menti contorte di molti si animano in cocktail immaginari di una miscela calibrata con dosi di sangue in percentuale di appartenenza etnica, definendo per così dire "la migliore qualità del prodotto."

Tale modo improprio di pensare perdura malgrado la scienza sia raggiunta al processo di clonazione artificiale ipotizzando possibili nascituri in provetta anche con variazioni genetiche in concorrenza con il miracolo naturale e insostituibile della nascita.

Mentre alcune persone riferendosi al meticcio parlano tuttavia di contaminazione di razza ponendosi atteggiamenti di incertezze, rendendosi ridicoli e contraddittori.

Le persone di tutte le etnie parlano in modo altero di se stessi e della loro identità invocando lecitamente l'orgoglio di casta nel diritto e per la necessità allo stimolo a difendersi e riconoscersi.

Ciò però non deve prevaricare i limiti di decenza per sentirsi superiori ad altri che manifestano gli stessi sentimenti senza superare la barriera insita nell'orgoglio che divide il compiacimento dall'arroganza e incita alla ribellione contro tutto ciò che è contemplato al di fuori della propria sfera etnica.

Disconoscendo l'umiltà per riconoscere se stessi in altre persone che pur essendo diverse hanno gli stessi atteggiamenti, lo stesso destino e gli somigliano.

Non è sufficiente censirsi secondo caste per identificarsi con superiorità poiché per essere migliori, bisogna diventarlo, condividendo il proprio progresso con altre culture.

È necessario diventare daltonici per eliminare il riconoscimento secondo il colore della pelle e rimanere fedeli alla più grande caratteristica dell'uomo che è la sua genialità nell'adattarsi: unica ragione della propria sopravvivenza!

GLI INDESIDERABILI

La colonizzazione dell'America Latina dal Messico alla Terra del Fuoco con le gare di conquista territoriale tra le Potenze si svolse in uno scenario con implicazioni demografiche coinvolte in un processo di metamorfosi etnica. In quell'epoca le famiglie più agiate organizzavano matrimoni solo ed esclusivamente tra persone provenienti dalle Regioni delle loro origini europee per rimanere tali e preservare la stirpe dei loro padri.

Ciò nonostante gli incroci con gli indigeni si moltiplicarono velocemente così che i Governi coloniali nell'ossessione di un dilagarsi disordinato di mescolanze non gradite, intervennero favoreggiando una "rigenerazione" di incroci solo tra europei e indios.

Con criteri di classificazione dei meticci, secondo l'appartenenza della stirpe e della percentuale del rapporto di sangue, discriminando le unioni tra bianchi e neri, tra neri e indios, tra asiatici e indios che erano reputate "misture" indesiderabili poiché il nero e l'asiatico erano stimati inferiori e le loro "fusioni" reputate indesiderabili e scomode.

Questo modo di considerare le unioni miste fece sì che gli stessi meticci furono intossicati dall'ossessione coloniale, inducendoli ad atteggiamenti razzisti e ambiguità per conquistarsi uno spazio che altrimenti sarebbe stato loro negato. Uno spazio che la società coloniale mantenendo le distanze, non garantiva come un diritto, ma come concessione.

Comportamento adottato anche da persone creole di istruzione superiore ma plagiate e trainate da quella predominante dai comportamenti padronali, tutoriali e razzisti fin quando non riuscirono a liberarsi dal plagio e recidere tali comportamenti per auto-riconoscersi nella consacrazione delle loro origini indigene e africane precedentemente celate nel processo di "imbianchimento". Questi contegni in epoche diverse, furono reiterati in tutte le Colonie, adottando sistemi il cui filo conduttore era medesimo.

Nelle colonie in Africa Orientale si venne a creare una sacca etnica minore di gente meticcia che per molti fu considerata una generazione da non perdere, poiché la cultura e la disponibilità italiana nei rapporti interpersonali era maggiormente scrupolosa nei rapporti umani, malgrado i contegni razzisti del regime di quel tempo storico con le problematiche e conflittualità che ne derivarono. La stessa cosa non si verificò negli atteggiamenti degli altri colonizzatori in Africa, in Asia ed altrove, dove il razzismo fu più pesante.

Per esempio: in Australia il potere coloniale confermò il predominio aggressivo su una generazione: metà aborigena, detta "la generazione rubata" a cui non mancarono soprusi e umiliazioni.

Fino al 1966 l'immigrazione in Australia era garantita legalmente solo a persone di ceppo bianco.

Oggi l'espansione multietnica è invadente, così come lo furono i conquistatori di quel continente detto *terra nullius*.

Essa era in realtà abitata dagli aborigeni, le cui famiglie furono infamate estirpandone i figli dal seno materno e dividendo i fratelli per relegarli in istituzioni dette di "civilizzazione".

Così facendo il colonizzatore si congedava dalle sue responsabilità, con certificati di coscrizione alla "civilizzazione" di quei bambini rapiti; diffondendo acredini poiché ogni bambino aborigeno, che fu separato dalla propria famiglia rimase traumatizzato e non inserito nella società, ma segregato in un orfanatrofio con altri simili.

A cui il progresso ha riservato la reclusione, il cui maggior beneficio fu un panno poco più grande di un perizoma per coprire le sue nudità mentre il suo coetaneo figlio dei colonizzatori, vestiva divise alla moda, manifestando capricci sconosciuti al bambino aborigeno che era ignaro del gusto di un gelato e con esso del gusto della vita compreso quello di una infanzia che gli fu rubata.

Questi comportamenti hanno portato alla ribalta risentimenti che reclamano la richiesta di scuse che gli aborigeni gradirebbero dal Governo, erede e rappresentante di quelle situazioni oggi obsolete ma tuttavia vissute e, che sono state simili in altri continenti.

Tali richieste non sono riconosciute dalle Autorità australiane che le sintetizza come rincrescimenti.

Tutelandosi dietro coloro che non vogliono ipotecare i pregressi soprusi in un preventivo plausibile per il costo che le scuse implicherebbero nell'ipotesi di risarcimento, anziché sotto il legittimo aspetto di giustizia.

In sintesi il comportamento dei colonizzatori sconvolge il concetto di Nemesi che li riguarda, riuscendo a rovesciarla su quelli che da preda tentano di diventare cacciatori, nel tentativo di svincolarsi con l'illusione di ricevere semplici scuse, ma che sono talmente ostacolati che preda rimarranno.

Solo nel febbraio del 2008 le scuse furono presentate agli aborigeni dal Parlamento, segnando il primo passo per i loro diritti civili.

RAZZISMO

Riconoscersi e ricusarsi

Forme di intolleranza si verificano anche fra emigrati, e l'ultimo arrivato aggiunge ai risentimenti quello di non avere raggiunto una sistemazione che chi è arrivato prima di lui ha ottenuto "sistemandosi" e inserendosi "adeguatamente", o precariamente. Le situazioni, sociali vincolano l'uomo e lo condizionano nei comportamenti, ricercando dettagli ad ogni costo con l'ossessione per la puntualizzazione delle proprie ripicche.

Nei paesi meno sviluppati e in quelli più avanzati esistono insegnanti senza un orizzonte chiaro per volgere la loro missione, entrando in polemiche sterili con riferimenti faziosi.

Le dottrine da loro studiate li deviano rendendoli nemici di se stessi al punto di disquisire sulle origini dei nomi africani incitando gli studenti, ad abbandonare i nomi cristiani in quanto appellativi da schiavo assegnatigli da persone aliene, senza considerare che queste rivalse sterili non contribuiscono a tonificare la loro identità, in realtà: che i loro nomi siano africani, cristiani o islamici, non modifica la condizione in cui vivono.

Simili comportamenti deformano il pensiero di queste persone e fanno vilipendio alla certezza di integrazione per coloro che vorrebbero istruirsi serenamente, per ricercare un futuro migliore e non arenarsi in forme espressive obsolete e sterili a causa di una virgola o di un nome fuori posto, che può mutare i contenuti del dialogo.

Queste persone, ostili contro tutto e tutti, sono presenti anche in Paesi avanzati esprimendosi in forme e contenuti generatori di intolleranza.

Alcuni hanno voluto trarre dai loro studi motivi di confronto positivo e altri ne hanno tratto ripicca e risentimento, che per fortuna non si sviluppa tra coloro che hanno assimilato la stessa cultura, rimanendo umili e facendo proprie le esperienze e il senso di moderazione, per apprezzare informazioni positive che il colonialismo ha lasciato in eredità, dove e quando ha potuto, come i codici giuridici, i sistemi amministrativi e altre materie.

Le incoerenze derivate da queste situazioni si incrociano con altre in cui le genti abbandonano i canoni di comportamento assimilati per accantonarli e rifugiarsi incautamente in estetismi di estremismo per solidarietà e simpatia nei confronti di persone con culture aggressive, e riconoscersi in differenti realtà che in passato rifiutavano non appartenendogli, ma che ora sostiene regredendo, facendosi condizionare dalla presunzione, dal plagio e dai procacciatori di fanatismo.

Chi pratica il razzismo distingue le persone classificandole ossessivamente senza valutare le regole che equiparano uomini e donne in un unico gruppo: quello umano.

Per i razzisti nel classificare le persone come diverse, formalizzano che in esse albergano le calunnie che essi stessi gli hanno "vomitato" addosso, con pettegolezzi e linguaggi ermetici attraverso i quali, i fanatici della segregazione si riconoscono nella attitudine collettiva in loro acquisita.

Producendo emuli di facile affiliazione che saranno numerosi adepti in una dilatazione pericolosa del fenomeno, che viene riconosciuto come gruppo, come partito e fazione. Pronti a scendere nelle piazze non avendo più paura di svelare le loro ossessioni e farsi riconoscere.

Il linguaggio razzista umilia, e spoglia della dignità gli interlocutori e sarebbe necessario che enti dirigenziali universalmente noti, parlamentari, N.U. e altre agenzie sviluppassero una logica per operare con intensità permanente sul fenomeno, poiché le parole sono un veicolo celere che divulgano modelli ed espressioni che alcuni Politici e alcune fronde dei mass-media elargiscono con fanatismo, con espressioni volgari e intolleranti, mentre la cittadinanza passiva e prona, rimane intrattenuta e annoiata in un vincolo ipnotico.

Creando stereotipi e congetture, incompresi dalla maggioranza delle persone, che non si accorgono di essere influenzate in questa società viepiù resa confusa, in un crescendo di ostilità che trafigge tutti anche gli stessi razzisti con slogan obsoleti.

VIZIO O VIRTÙ DELL'UOMO ?

L'uomo ha sempre ricercato nuove frontiere per adattarsi e proporsi percorsi alternativi nel suo cammino, essendo egli l'artefice del suo destino e maestro nel manipolare le energie a sua disposizione, per raggiungere mete al di là della sua stessa immaginazione.

Con le migrazioni ha raggiunto popoli diversi per fondersi con loro o per annientarli; oggi ha intrapreso una nuova strada, cercando di allontanarsi dai suoi confini naturali, compresi tra cielo e terra per migrare oltre lo spazio conosciuto, e andare in nuove dimensioni, aprendosi altre possibilità alla conservazione, con una migrazione in un ambiente dove troverà o non troverà altri esseri da sottomettere dai quali potrà o non potrà essere dominato.

La migrazione fuori dai confini naturali dell'uomo è una dimostrazione che emigrare è una necessità sin dai tempi remoti, e divenire una regola per acquisire conoscenze e progredire trasformando il fenomeno in un vizio che è anche un parametro per non fare venire meno lo stimolo alla ricerca e sopravvivenza.

Omero parla di una stirpe albanese costretta alla pirateria che fu in seguito sottomessa dai Romani ai quali la loro regina fece atto di sottomissione non garantendo la cessazione degli atti di pirateria dei suoi sudditi, in quanto tale attività era l'unica forma di sostentamento possibile per vivere.

Sin da allora i Balcani ed il resto del mondo sono stati teatro di conquiste, diaspore e prevaricazioni di popoli su altri popoli, per esercitare un potere che li faceva sussistere.

La prostituzione era presente anticamente come forma di ospitalità, fino a diventare oggetto di scambio, per arricchirsi o sopravvivere. Oggi ha superato i confini geografici, diventando oggetto di esportazione, essendo in alcuni paesi l'unica forma per procurarsi da vivere, nella scelta o nella costrizione malavitosa.

Le migrazioni moderne provengono da località diverse e sono persone di ogni tipo, il cui quadro per la loro identificazione culturale, linguistica e religiosa, assume dimensioni complesse.

Ciò si riscontra in una migrazione rappresentata dagli sbarchi di profughi provenienti dalle coste dirimpettaie, o da quelli stivati nei container e nei vagoni ferroviari di cui si hanno angosciose notizie.

In realtà, ciò è solo la punta di un iceberg poiché il fenomeno della migrazione ha assunto dimensioni enormi e si stima che le persone coinvolte siano oltre 250 milioni in tutto il mondo.

I popoli coinvolti di ogni parte del globo si spostano in tutte le direzione creando incompatibilità, lacerando i rapporti di integrazione che nel disordine e nelle difficoltà sono complicati da gestire sia dalle Autorità che nei rapporti interpersonali che risulteranno difficili da temperare senza risentimenti e forse scontri.

L'arrivo in Europa di etnie diverse attirate dal miraggio effimero per alcuni e dalla realtà salvatrice per altri sta creando una società multietnica con un processo irreversibile perché queste persone credono di raggiungere una terra più prospera della loro per la "sopravvivenza" di se stessi e dei propri figli ma creando anche un sottobosco facile a incendiarsi.

In futuro questo sottobosco farà parte del Paese che li ospiterà e i componenti non potranno essere dimessi dalla loro condizione di Immigrante né potranno esserlo i loro discendenti per tornare nella terra di origine in quanto il processo migratorio da provvisorio diventerà permanente.

L'immigrazione non è un fenomeno di soccorso ai poveri né può essere gestita solo con criteri assistenziali ma anche con misure propedeutiche di inserimento per chi arriva, e di difesa del territorio nazionale, di protezione dei nativi e delle prime generazioni di nuovi cittadini.

Occorre tenere presente criteri pratici, diritti e doveri studiati, scritti e fatti rispettare per evitare la formazione di una società che altrimenti non sarà multietnica, ordinata e dignitosa bensì una società di carovane allo sbando e di scialuppe alla deriva!

Gli emigranti fuggono dalla fame e disperazione ma anche da organizzazioni criminose che ambiscono profitti, e ciò si deduce dalle testimonianze giornalistiche assidue. Il fenomeno al passo attuale rischierà di aumentare fino a divenire epocale, attualmente l'immigrazione non è allarmante ma lo diventerà in un pronostico del futuro, e se si stima che le Popolazioni coinvolte nel fenomeno provenienti dall'Eritrea, Nigeria, India, Pakistan, Bangladesh, Siria, Iraq, eccetera, i cui abitanti totalizzano un miliardo e mezzo di persone, e che se si trasferissero solo in parte emergerebbero centinaia di milioni di persone che non hanno nulla da perdere e potrebbero essere sballottati come spore al vento. Perché se la montagna non andrà da Maometto sarà Maometto ad andare dalla montagna, nella ricerca del benessere per conservarsi la vita, e come dicono i beduini cercheranno la vita *là dove si trova l'acqua.*

Quindi sarà prevedibile una società non serena! Chi se ne sta occupando intensamente e con emergenza ?

Considerando quanto si sta verificando in Europa, sembrerebbe che non si stia creando una società multietnica bensì un mosaico di etnie in un incontro disordinato di carovane e ciò è già un dato di fatto! dove ognuno tende a rimanere se stesso perché non accettato, incompreso, reso invisibile dall'indifferenza e anche perché i nuovi arrivati sono spesso restii ad assorbire la civiltà che li ha attratti, per essere guardati col sorriso sulla labbra e voglia di mordere negli occhi.

È un problema non da poco che necessiterà un processo di formazione lungo e costoso che non sarà riconosciuto dall' autocoscienza dei cittadini se il riconoscimento non sarà fatto maturare anche in quella degli immigrati.

Parte degli immigrati conserva nel proprio pensiero collettivo risentimenti adducendo motivazioni storicamente sostenibili, per le quali la gioventù occidentale moderna non si sente responsabile dei trascorsi storici dei propri padri anzi si considera totalmente estranea mentre, nel Terzo Mondo i risentimenti a causa di riferimenti storici del passato contenuti nell'arroganza coloniale sono la base per reclamare diritti e pretese in nome delle piraterie e del razzismo esercitati in quel periodo. Questi risentimenti rendono improbabile una integrazione senza incognite complesse, che sono da risolvere quanto più possibile e subito. Poiché sono realtà da temperarne gli aspetti negativi per trasmettere a tutti quelli positivi, come una risposta e non agli errori del passato ma al cosmopolitismo del futuro.

Dovrà essere condiviso che la nuova "Patria" che si viene a incontrare per adottarla è un nuovo condominio ma è anche uno stato di diritto *a cui si aderisce per esserne membro,* assorbendone la cultura e le regole, tutelandone il territorio, lo straniero e il popolo originario di cui tutti faranno parte. Coloro che si trovano e si troveranno nella condizione "multietnica" e comunque cittadino: italiano. francese, spagnolo, tedesco eccetera, e saranno tutelati nel loro futuro, osservando i termini forniti dalla legge per evitare che vengano a crearsi carovane anomale con regole proprie come piccoli "Stati" nello Stato, come cellule isolate che vagano nel caos e nella illegalità. La cittadinanza è un concetto chiaro per coloro che hanno preso quella del padre perché egli li riconobbe e poiché la loro cittadinanza gli è garantita dal principio della *ius sanguinis*. Quale legge sarà adottata per i figli degli immigrati?, quella del sangue o quella del suolo? Perché tanto ritardo a concludere un argomento tanto importante e urgente? Paura? o incompetenza? Sicuramente la Legge col tempo subirà delle metamorfosi, ma vi è dell'ironia nel pensare che poco più di settanta anni fa, le leggi razziali non permettevano la registrazione dei figli nati da unioni miste, né venivano ufficializzati i matrimoni di questo tipo, allo stesso modo di come venivano regolate le questioni ebraiche.

È malinconico leggere che alcune persone si arroccano dietro ideologie di superiorità di razza mai dimostrate e sarà bene insegnarli che esiste solo la razza umana, ma con abitudini e culture diverse che possono incontrarsi e fondersi per non regredire né rimanere statiche ma migliorare un etica universale nuova nel riconoscimento dei valori umani universali, anche con la partecipazione dei settori finanziari.

Gli Stati della Unione Europea in considerazione delle eterogeneità che si stanno creando e che si moltiplicheranno in futuro devono farsi carico di una Società che con l'evolversi demografico investa una parte delle energie per formare una concezione della vita, tale che i soggetti della comunità saranno cittadini non solo uguali tra loro e non più extracomunitari ma pari?

Tanto che in un prossimo futuro non possa fare clamore avere un Magistrato nero, un Generale asiatico, o un Agente della Forza Pubblica nord africano che ti metta le manette, facendo in modo che questi concetti siano assimilati sin dalle prime classi di scuola e fatti digerire sia agli autoctoni che ai nuovi arrivati. All'occorrenza difendendo questi principi con rigore! Senza porre sotto la lente le differenze che pur esistendo non devono essere un filo conduttore per il rispetto ad ogni costo, altrimenti invece di mitigarle verranno viste in modo aberrante e irritante.

Nella vita moderna non si può continuare ad avere come filo conduttore solo principi speculativi e indici della Borsa poiché per mantenere il benessere e crearne di nuovo sarà necessario mantenere la pace, e ricostruire una Società con visione nuova e aggiornata modificando gradualmente struttura, cultura e Leggi con Sensibilità e Consapevolezza.

Che oggi è lasciata ai rapporti interpersonali, agli incontri di strada, agli sforzi di Associazioni, ai Regolamenti Amministrativi e ai poteri Finanziari.

Non si può essere cittadini solo perché si è in possesso di un timbro su un pezzo di carta bollata.

Non di meno, è necessario indurre gli Immigrati a essere partner per non creare nemici dentro e fuori dai nostri confini che devono essere riconosciuti, e difesi dai nuovi arrivati come confini che gli appartengono.

Queste Esperienze non si ottengono con studi in storia e sociologia, certamente essenziali e propedeutici, ma non sono sufficienti ad avere l'idoneità a tanto impegno nel definire coscienza, leggi e progetti da applicare al fenomeno, con interventi universali da fare rispettare con leggi nazionali e internazionali in tutti i Paesi, in forma rigorosa e repressiva se necessario.

Tenendo presente spazi territoriali resi piccoli dalle tecnologie e dai trasporti moderni creando nuove dimensioni del sistema di vita globale. Sperando in canali di unione, di trasformazione e adattamento alle esigenze delle future generazioni unite nelle loro diversità.

Certamente arduo e utopistico?, forse, ma tentare non nuoce ed è vincolante!!!

GENOCIDI
NELL'AUTODERMINAZIONE

(But the answer, my friend, is blowing in the wind)

La politica propone l'autodeterminazione dei popoli che l'attuano ancora prima di dare priorità al processo propedeutico nella ricerca della loro identità e territorialità, in cui ricongiungersi e unirsi per portare il Paese alla maturità democratica sperando in un definitivo sviluppo e assestamento.

L'autodeterminazione oltre che rappresentare un diritto, può essere anche un cammino minato che ferisce i popoli nel processo di riprendersi la propria autocoscienza e sono per essa istigati all'indipendentismo o, alle guerre e ai genocidi. In questa condizione sembra racchiusa l'intenzione, dei potenti, per garantirsi un ritorno ad amministrazioni fiduciarie o a protettorati indiretti, per guidare le economie di Paesi che invece di riunirsi si combattono e disintegrano al loro interno.

Nella globalizzazione i poveri rischiano di cadere nella confusione, tramite la deregulation del terzo mondo che è già in atto e si allontanano dai ricchi, che avanzando più velocemente, creano una stratigrafia di conoscenze ed esperienze difficilmente raggiungibili in tempi brevi dai poveri, che invece di adeguarsi, entrano nella confusione per mancanza di erudizione, pragmatismo ed autodifesa nella preoccupazione quotidiana di procurarsi un pezzo di pane e spesso un po' d'acqua.

Nei Paesi ricchi la storia ha garantito un processo di fusione tra le stirpi, regolando questioni sociali ottenendo soluzioni positive per arrivare a mete certe, nel formare un gruppo omogeneo con le leggi, e condividere valori comuni. Tanto che la gente appartenente a gruppi diversi, è omologata nella cultura dello Stato attraverso un percorso secolare che continua.

Il Potere politico in Europa ha riconosciuto il principio di autodeterminazione, indirizzandolo in forme di federalismo per agevolare la distribuzione delle risorse. Ciò non di meno la sua attuazione è tanto probabile nei suoi benefici per i Paesi avanzati, quanto probabile nelle tragedie, nelle rivolte, negli odi e nelle lotte, tra le stirpi e tribù dei Paesi del Terzo Mondo, per mancanza di autocoscienza e di principi condivisi attraverso secoli di lotte e assestamenti.

I primi lottano con la pancia piena, con un passato che li ha forgiati e uniti mentre i secondi vorrebbero arrivarci prima ancora di avere risolto i problemi arcaici, senza avere raggiunto l'indipendenza dai vincoli che li travagliano, in guerre tra persone che non si riconoscono pur essendo nati a qualche decina di chilometri di distanza.

L'autodeterminazione in Europa, malgrado le polemiche che la caratterizzano, non è un veicolo di separazione, e la storia ha da tempo abilitato i suoi popoli a convivere in tal senso tramite vicende che gli hanno fatto raggiungere un grado evolutivo, in una modernità iniziata qualche secolo fa con una anima capace di accogliere le proprie culture regionali sparse sul territorio e farle proprie in un anima più grande: lo Stato Nazionale.

Anche se afflati di campanilismo provinciale sussistono stupidamente per spartirsi interessi, potere e campagne elettorali per avere qualche voto in più.

Questa condizione non si è verificata esaurientemente nel Terzo Mondo, dove è necessario che le popolazioni non debbano essere intossicate con rappresentazioni mentali non ancora acquisibili e chissà, coordinati per sostenere un caporale di turno, nella sua dittatura. (Dividi e impera)

L'autodeterminazione in queste zone incoraggia piuttosto le lotte intestine all'interno di uno Stato, generando i *war lords* che non sono irredentisti né patrioti ma una moderna forma di briganti che cercano di arricchirsi aumentando acrimonie razziali, con situazioni che debordano in guerre e genocidi. Per questo essa può essere usata soltanto se lo scopo reale è quello di facilitare l'unione nazionale per non creare lacerazioni difficili da cicatrizzare in una ipoteca del futuro.

Mr. PRESIDENT, PLEASE

(Lessico e sproloquio mediatico)

La presente è una lettera inviata alle Direzioni di alcune reti televisive italiane, non so se la ricevettero e se il messaggio fu accolto.

Scrissi questa nota di dissenso durante la circostanza della elezione a Presidente del Senatore Obama il 15 settembre 2008

Gentili Signori,

vorrei chiedere ai giornalisti, di non riferirsi al sig. Barack Obama come al candidato di colore, o come al senatore nero; bensì solo e soltanto come al Senatore americano. Senza interporre riferimenti al colore della pelle, tanto più che la mamma del senatore era bianca, ed egli rappresenta il *melting pot* di cui spesso si parla e che è in corso d'opera, che piaccia o meno...

Sarebbe più accurato e appropriato quando si parla dei personaggi notevoli che sono seguiti da masse intere di popoli: se si riferisse a loro solo come *uomini*. Obama per esempio, e anche altre persone della maggioranza, qualsiasi sia la loro condizione etnica...

Le televisioni straniere fanno poco riferimento al così detto *colored* le cui accezioni ed espressioni sono ingiustificate, retrograde e discriminatorie come si fa in molti servizi giornalistici nostrani. Credo che in Italia sia necessario riconquistare un po' di garbo interpersonale che abbiamo perduto. L'integrazione e la convivenza moderna non può decollare né sussistere usando espressioni di mal gusto con riferimento a schemi razziali del passato, a volte meno ingenuamente ma sempre tendenziose, e in altre occasioni per provincialismo. Altre ancora per pigrizia nel non dedicare maggiore attenzione al proprio linguaggio, migliorando la semantica. Le televisioni americane al nord o al sud si riferiscono a Barrak Obama come al Senatore Obama oppure semplicemente a Mister Obama.

In Italia invece si aggiunge sempre un aggettivo in più, di tendenza razziale; perché? Ciò si è verificato per esempio: il giorno della elezione di Obama a Presidente degli U.S.A quando in una trasmissione fu presentato con caratteri cubitali sullo schermo:

UN NERO: PRESIDENTE AMERICANO... creando inaccettabilità e rifiuto del linguaggio da parte degli stessi Americani; d'altronde in caso Obama fosse stato bianco nessuno lo avrebbe presentato come *UN BIANCO: PRESIDENTE...*

Facciamo un esercizio di simulazione come il seguente: se in un certo periodo di qualche anno a venire dall'incontro tra una donna di San Pietroburgo e un italiano di Frosinone nascesse una persona che il destino, l'aspirazione e capacità lo inquadrassero come cittadino russo, e gli eventi lo proiettassero nella sfera politica fino a divenire Presidente di quel Popolo, esisterebbe una trasmissione in cui la sua elezione verrebbe annunciata come:

UN CIOCIARO: PRESIDENTE RUSSO...

Anche in Brasile fu eletta Presidente la figlia di un naturalizzato bulgaro: la signora Dilma Roussef ma nessuno si è sognato di presentarla come *UNA BULGURA: PRESIDENTE DEL BRASILE!*

NATALE AI TROPICI

(Hic, che sbornia)

C'è chi litiga con i figli, chi con la moglie, con la suocera o con i nemici, ognuno ha litigato con qualcuno almeno una volta nella vita. Col proprio organo sessuale, però non tutti!.

Yousuf, era il guardiano del comprensorio con un giardino di calle, di rose, garofani e qualche palma,, e tra quei colori ed il verde delle foglie: cinque ville erano occupate dai *ferenji*. Questa parola serviva per definire una persona straniera di provenienza europea, forse sottratta dall'inglese *french* per dire francese. Era il ventiquattro dicembre, la notte di natale e l'atmosfera evidenziava le stelle che brillavano in quella porzione di cielo buio.

Nelle cinque ville spirava aria di festa, le luci esterne erano accese e davanti agli ingressi nel patio scoppiettavano le scintille del barbecue che simpatizzavano con le piccole lampadine sugli alberi.

Dal cancello principale entravano e uscivano vetture di amici dei proprietari delle ville.

Gli amici venivano per gli scambi degli auguri e dei regali. L'aria di festa gioiosa era sommessa e di basso profilo per non offendere la mestizia, la monotonia, la passività e povertà che c'era fuori dal recinto, dove tutto era calmo e soprattutto non era Natale, perché quello copto cade il 6 gennaio e non il 25 dicembre.

In alcune famiglie l'albero di Natale veniva preparato nell'angolo del salotto o nella camera da pranzo, in altre un piccolo presepe faceva felice un bambino, e come di consueto ogni anno si presentavano a fare gli auguri gli amici di famiglia, ma anche i figli del vicino al quale si distribuiva l'acqua e l'elettricità tutto l'anno a titolo di cortesia e di buon vicinato. Per dono natalizio i vicini di casa portavano una cornucopia di vimini contenente grano, ceci e granturco arrostito. Una combinazione di cereali, oppure portavano una torta di pane integrale fatto in casa per le festività.

Questi regali si apprezzavano molto perché fatti da persone semplici che offrivano ciò che potevano per la ricorrenza simile a quella che di lì a poco, avrebbero festeggiato anche loro. Yousuf era mussulmano e a lui non competevano le festività né del venticinque dicembre né del sei gennaio, però festeggiava ambedue i natali da oltre venticinque anni. Compito si presentava per fare gli auguri in entrambe le ricorrenze in usuale rito affettuoso.

Quella sera lo vidi come tante altre lavarsi i piedi e stendere il tappetino davanti alla baracca in cui viveva con la moglie. Il tappeto era orientato alla Mecca e lui genuflettendosi recitava i versi del Corano a memoria e li ripeteva in continuazione ma non ne conosceva il significato poiché l'arabo non era la sua lingua.

Finito di pregare si mise le scarpe piegò il tappeto, si sciacquò la bocca, tenendo una bottiglia d'acqua in mano mentre con l'indice dell'altra strofinava i denti a guisa di spazzolino.

Due gargarismi uno risciacquo della bocca muovendo le guance come membrane e poi uno sputo. Terminata questa toilette grossolana, Yousuf prese il bastone dal quale non si separava mai, si avvolse nel mantello a ruota e cominciò la sua via crucis, per così dire. Si spostava da una casa all'altra porgeva gli auguri alle famiglie dei cui sonni tranquilli era il responsabile notturno. In ogni casa riceveva omaggi e un regalo in denaro.

Quella sera, oltre denaro (pochi Bir) tutti gli offrirono da bere. Yousuf non avrebbe dovuto accettare perché era mussulmano, però si sa, lontano dagli occhi lontano dal cuore, e non visto trasgredì volentieri ai sui principi religiosi.

Cosa che tra l'altro faceva spesso quando non era controllato dalla moglie ed era fuori dalla cerchia dei sui "confratelli" di culto religioso. Al termine del giro tra le case, il guardiano aveva mischiato birra e vino, whisky e anice, in dosi sufficienti per diventare alticcio.

In lontananza si poteva scorgere la sagoma della moglie alle prese con un fornello a carbone davanti l'uscio della loro baracca, nei preparativi della cena. L'ultima tappa del suo giro fu a casa mia dove ricevette dieci Bir, l'equivalente di una settimana di paga per il personale locale a quei tempi; e un bicchierino di Vermouth.

La faccia bruna si staccava dal colore delle tenebre per la lucentezza della pelle e degli occhi che splendevano, mentre i denti si abbinavano nello splendore di un sorriso, triste, momentaneamente felice.

L'uomo barcollava era brillo ma non tanto da perdere di vista il suo bastone, ma abbastanza per rifugiarsi dietro un albero di mimose e a parlare da solo. Data la mia età adolescente, Yousuf mi incuriosiva e vedendolo differente dal consueto aspetto burbero e minaccioso, mi misi a spiarlo.

Aveva appoggiato la testa contro l'albero per sorreggersi, posò un lembo del suo mantello su una spalla per rendere liberi i movimenti delle braccia e sbottonarsi i pantaloni per fare la minzione. Ma non riusciva a farla e incominciò a fischiettare e a implorare il proprio pene di fare il suo dovere.

«Dai, su, siamo amici, noi!... Non tradirmi!» diceva. Poi, incominciò ad stizzirsi ed a insultarlo dicendogli: «Scimunito, dopo tutto quello che ho fatto per te, mi abbandoni proprio ora! Traditore! Dai fai la pipì».

«Ma chi credi di essere, hic... proprio tu... hic... sììì, figuriamoci se sei proprio tttu quello che crede di sconfiggermi! Figurati... ne voglio cento come tu...te.., scommetti che con me non la ssspunti? Sai, hic... quanti peggio di tttu... te ne ho abbattuti?! Hic!» con ulteriore singhiozzo.

Continuò così per un po' fin quando arrivò la moglie che mugugnando se lo caricò a mezza spalla e lo trascinò nella loro baracca. E le stelle brillavano particolarmente!!! E un "pisello" aveva ricevuto il suo rimprovero!

UNA IMMAGINE REPLICANTE

(Il tempo si era fermato a Sodorè…)

Avevo quattordici anni era il mio compleanno e dal quartiere dove ho vissuto gli anni della mia gioventù e della mia vita partimmo con mio padre per recarci a Soderè. Un posto di villeggiatura per fare i bagni in acque curative in un resort a qualche centinaio di chilometri.

Il paesaggio, con le margherite gialle del Meskel, festa Etiope che rievoca il ritrovamento della Croce di Cristo da parte di Sant'Elena, madre di Costantino, a volte diventava paglierino con cespugli spinosi e la strada non era sempre asfaltata.

Il programma era di passare qualche giorno di riposo dallo stress della vita cittadina, per disintossicarsi. Lungo il percorso ci fermammo a mangiare in uno spiazzo, sotto un albero di acacia e come sempre, appena finito di apparecchiare una coperta sul prato, una decina di bambini si avvicinarono sperando di ricevere un dono dai *ferenj*.

Il silenzio e la pace erano fissati in quel quadro e sotto qualche nuvola si inseriva anche una sagoma longilinea alta elegante, povera nel suo insieme, avvolto nello *sciamma*, telo di cotone tessuto a mano ed era appoggiato al suo bastone per sostenersi tenendolo sotto l'ascella mentre la pianta del piede destro la teneva adagiata sul ginocchio sinistro.

Richiamando con la sua posizione l'immagine di una gru come quella di Boccaccio nella novella di Chichibio, solo che lui non era un trampoliere, era un uomo sui venticinque anni con i capelli tirati dietro la nuca in tante treccioline tessute con cura sulla testa.

Passò più di mezzo secolo dalla registrazione nella mia memoria di quella immagine, una immagine fissa tra i mie ricordi.

Ero tornato in Etiopia per diporto dopo più di cinquant'anni e andando in giro per la regione non mancò l'occasione di passare su quella stessa strada raggiungendo lo stesso chilometro dove riconobbi l'albero di acacia che era ancora lì, più robusto con più rami e con un tronco possente, e sembrava scrutare gli appuntamenti dei passanti.

I bambini erano lì anche loro con gli stessi visi innocenti, un po' più smaliziati però, e il venticinquenne fermo su una gamba con il piede dell'altra sul ginocchio sinistro come una gru, era ancora nella stessa posizione con lo stesso portamento, nello spazio immobile e scrutava l'infinito, per lui (che non era lui) il tempo si era fermato nella mia immagine.

Avevo sessantaquattro anni "ma il pastore ne aveva sempre venticinque", come quando io ne avevo quattordici. Un sogno, nel quale mi ero addormentato bambino e mi svegliavo di colpo per ritrovarmi anziano.

Sì, era passato più di mezzo secolo il mondo era cambiato in molti posti del pianeta ma in quell'angolo, tutto era come prima, in una immagine perpetuamente immobile, irremovibile come quasi tutta l'Africa che aspetta in posizione plastica un futuro che "ha deciso" di arrivare più in là… ma chissà, quando? Ma quando?!

BIYO – BIYO

(Morire per l'acqua si può)

Il titolo significa *acqua,* ed è preso in prestito da una canzone di Saba Englana, cantante italo-etiope.

Questa storia, mi fu raccontata da Riccardo durante quel viaggio che creò pietà in una manciata di cinquanta dollari sul petto di un padre di famiglia disteso a terra al Km. 922, mentre in lontananza vedevamo un ansa del fiume Awash che possente e silenzioso bagna i paesaggi esplorandoli scendendo da duemilatrecento metri di quota fino al mare raggiungendolo nell'ultimo tratto percorrendo le falde acquifere sotterranee che si crea per centinaia di chilometri attraversando il deserto somalo.

Costituendo con queste falde la linfa vitale per i carovanieri che seguendo la memoria arcaica della loro cultura mettono in atto l'aforisma sacro degli antenati: *la mia patria, la mia casa, è là dove troverò l'acqua.*

L'acqua per i beduini è ispiratrice di vita, e si infiltra nei meandri sotterranei defluendo secondo leggi idrogeologiche. La perizia dei carovanieri è tale che la rintracciano velocemente per piantare le tende nel luogo dove realizzeranno il pozzo o la buca che si asciugherà presto a causa delle evaporazioni, obbligandoli a cambiare ubicazione per rincorrere "le bizzarrie" sotterranee dell'acqua e quelle dei venti che spostano la pioggia.

Queste cause rendono nomadi quelle popolazioni che migrano come fanno anche gli animali per esempio nel "parco giardino" di Serengeti in Tanzania come gli elefanti, i bufali i cudù gli orix e altri, che rincorrono l'acqua al cambiar dei monsoni che portano la pioggia.

Durante il viaggio Rolando mi indicò la deviazione che qualche anno prima insieme al padre e un amico imboccarono per recarsi a caccia ai confini tra Somalia ed Etiopia.

E mi raccontò così: «Ci siamo inoltrati su questa pista per duecento chilometri raggiungendo un luogo paludoso e malsano per le zanzare che infierivano sulla nostra pelle quando avvistammo in lontananza delle figure umane che segnalavano soccorso agitando le braccia e brandendo bastoni. Le persone strillavano ma le urla non si udivano, si fecero più risonanti mano a mano che ci avvicinammo. Erano somali con una vettura fuori strada e vestivano un telo di cotone color sabbia con la testa rasata ai lati e un ciuffo al centro della capigliatura ispida. Le braccia erano adorne di cinghiette ai bicipiti e ai polsi un collare con borsellino di pelle; avevano tre lance e lunghi coltelli alla cintola. Erano dotati anche di due fucili e chi li impugnava aveva una cartucciera a tracollo. Il gruppo era formato da cinque persone.»

Dalla descrizione mi resi conto che in quell'occasione Rolando e i suoi compagni stavano per intraprendere uno spiacevole momento poiché in quel periodo, dopo e durante quello Coloniale incontrare persone della *Tribù Affar* era un inferno per i malcapitati.

In quella occasione per fortuna non lo erano, ma si trattava di somali che avevano oltrepassato il confine per fare contrabbando e sopravvivere con quel traffico illegale, erano comunque dei fuorilegge.

Di ritorno per raggiungere il proprio clan erano affondati in un fosso con scarpata molto ripida. La loro Toyota era bloccata e non riuscivano a proseguire né a retrocedere.

Prima di avvicinarsi troppo a quel gruppo, Nevio il papà di Rolando, preferì prudentemente nascondere il fucile da caccia grossa, e avvisò via radio il personale della sua fattoria che stava per avere questo incontro. In circostanze simili la cautela non è mai troppa...!

Si avvicinarono ai somali i quali salutarono con mestizia e supplicarono che gli fosse prestato soccorso, che ottennero poiché Nevio fece il necessario per posizionarsi in maniera efficace ancorando il proprio veicolo e usare il verricello della vettura. Riuscendo a liberare la Toyota dei contrabbandieri che si rivelarono dei briganti anzi dei *pirati del deserto* come da loro tradizione.

Appena la vettura fu posizionata in stabilità i farabutti in un baleno spianarono minacciosi i loro fucili si impossessarono dei *jerrikans,* colmi d'acqua da bere e di benzina, indispensabili per la sopravvivenza; caricarono le taniche sulla loro vettura e sogghignando si allontanarono.

Nevio per nulla impressionato, tirò fuori dal nascondiglio il fucile col telescopio che era già carico. Diede tempo ai pirati di allontanarsi fino ad una distanza di un chilometro e mirò attentamente, senza intenzioni di uccidere alcuno, e sparò un colpo.

Pochi istanti dopo, la macchina dei briganti colpita si fermò, era stata centrata ad un parafango squarciandolo.

I filibustieri si fermarono avendo capito di trovarsi allo scoperto senza riparo nella vastità aperta e nuda del deserto e che senza fucili potenti come quello di Nevio capace di colpire una moneta a mille cinquecento metri, avrebbero potuto essere eliminati.

Quindi si fermarono, scesero e lasciarono due taniche di acqua per terra; si inchinarono come per salutare e chiedere scusa, o forse per una supplica di lasciare loro salva la vita, e se ne andarono. Senza Acqua non si può vivere si sa, ma tu non rubarla, condividila ad ogni buon conto. Le leggi di soccorso del mare non sono diverse da quelle nel deserto.

Il papà di Rolando, residente onorario per eccesso di permanenza nell'Impero, e conoscitore del Paese tirò un respiro di sollievo per non essere incappato in una banda di Affar. Una popolazione indomita Dancala, che come noto sin da quei tempi praticava usanze primitive e brutali. Era attendibile certezza, che i giovani di tale popolazione al raggiungimento dell'età matrimoniale, dovevano portare in dono alla promessa sposa un cordone ricavato dalla pelle di un nemico o di persona non appartenente al proprio clan.

Questo cordone diventava un collare di pelle umana e doveva avere per pendente lo scroto essiccato dei testicoli del nemico a loro volta inclusi all'interno.

La descrizione del procedimento dicotomico di queste parti corporee fanno raccapricciare e chi ci è capitato ha sofferto le pene dell'inferno prima di morire.

Qualcuno dei malcapitati è sopravvissuto come il famoso pittore di fama internazionale Afework-Tecle che subì questo supplizio in età adolescenziale, ma si salvò e fu cresciuto in un istituto per eunuchi fatto realizzare da Hailè-Sellasiè: Imperatore d'Etiopia, il quale contribuì profondamente alla rieducazione della minoranza etnica degli Affar, anche combattendoli con l'esercito; ma non si sa se tale aspettativa fu osservata e compiuta definitivamente.

CAROVANE IN FUGA, SCIALUPPE ALLA DERIVA

(Nuove frontiere)

Rawalpindi, 17 luglio 2000

I media informano che i dati statistici riguardanti il numero degli Immigrati in Italia, e la loro imponderabilità da occasione per scrivere sommessamente le seguenti considerazioni:

Nel 1995 si diceva che gli Immigrati erano due milioni e mezzo. Nello stesso periodo altre fonti di informazione dichiaravano che erano un milione e mezzo e altri ancora dicevano che fossero quattro milioni, nel luglio del 2000 se ne dichiararono o stimarono ancora un milione e mezzo. L'impressione era che le cifre fossero tirate a sorte sottovalutando la questione. Secondo alcuni dati ricavati da internet oggi che viviamo nel 2015 si legge che la popolazione dei cittadini italiani sia di 59.433.744 e quella degli stranieri regolari sia circa 5.000.000 e quelli irregolari quanti saranno? Altri due milioni, forse? I dati non sembrano congrui ormai da diversi anni!

Gli immigrati sono stimati l'8,4 % dei cittadini italiani? Pare che nessuno lo sappia esattamente! Ciò che fa specie è che persino le Autorità sembrano non avere valori attendibili, sarà vera anche questa supposizione? Ormai è tempo di mettere ordine e pare che ci stiano provando. Auguri, dunque! Basti ascoltare alcune dichiarazioni degli addetti ai lavori i quali asseriscono che il numero *approssimativo* degli Immigrati "dovrebbe essere" all'incirca: *nnn...*! E come sempre si usa il condizionale, spesso portando a supporto della dichiarazione: cifre rese note o estrapolate dai rapporti della Caritas e altre Istituzioni.

Di certo è che l'Europa è di fatto multietnica a sua insaputa e che la situazione è sfuggita di mano.

Per le questioni demografiche e di ordine pubblico in uno Stato organizzato, e civile come è quello Italiano, non si può fare riferimento solo a Organizzazioni Non Governative!

(Certo è un onere costoso).

Sentir dire che le Organizzazioni Non Governative stimano il fabbisogno annuale di immigrati, mi chiedo se la necessità di ingresso di Immigrati nel nostro Paese debba essere definito da Organizzazioni esterne. Quando dunque, le nostre strutture nazionali saranno in grado di fornire adeguatamente dati certi e aggiornati, in un abaco tendente all'assoluto e scarti minimi?

Nel mondo le Organizzazioni vengono definite N.G.O, *Non Governamental Organizations*, e operano con fondi elargiti da Stati e membri sostenitori con scopi umanitari per aiutare i Rifugiati con scopo nobile. Nel 2000 gestivano circa 53 milioni di rifugiati, con risultati positivi mediante operazioni di *resettlement*. Oggi la deriva disordinata dei rifugiati nel mondo è stimata oltre i 200 milioni. E le Organizzazioni progettano la *ricolonizzazione* nelle aree abbandonate per le persone che per motivi di siccità e guerra le avevano lasciate. Questa operazione la fanno con una cernita nel distinguere rifugiati politici credibili, da immigranti lavoratori, da immigranti per disperazione e immigranti per opportunità, eccetera… Le N.G.O valutano queste differenze tra gli esuli per accertarsi di distribuire in modo equo il loro aiuto umanitario evitando gli sfruttatori, e scegliendo i veri bisognosi! Compito arduo, ma necessario.

In Europa si distribuisce in modo imperfetto la concessione del diritto di *rifugiato politico* facendo di tutta l'erba un fascio, autorizzando tale privilegio anche *all'immigrante per opportunità* che sarà stato tormentato da condizioni precarie di realtà oggettive ma non di guerra. E se la ricchezza dei Paesi occidentali e la povertà di quelli poveri stridono, non si può omologare l'Immigrazione come un fenomeno di soccorso ai poveri né può essere gestita con criteri unicamente umanitari poiché l'arrembaggio sarebbe eccessivo e smisurato rispetto alle risorse disponibili.

Poiché in questo modo il soccorso sarà assegnato agli opportunisti e l'inserimento sarà improbabile. Tenendo presente che l'integrazione non può attuarsi con un tocco di magia poiché il mondo ruota attorno al lavoro se c'è, e non solo ai sentimenti e ai giudizi della opinione pubblica ma anche sulle disponibilità economiche dello Stato. E maggiore sarà il numero dei rifugiati minore potrà essere l'assistenza e l'inserimento. Ogni passo va fatto secondo la propria gamba.

Occorrerebbe secondo sommesso avviso, sostenere criteri di priorità, nei diritti e doveri che devono essere ponderati, scritti e fatti rispettare (non solo elencandoli in quadro sinottico) per evitare la realizzazione di una società che altrimenti non sarà multietnica, ordinata, dignitosa, inevitabile, e bella, bensì una società di carovane allo sbando e di scialuppe alla deriva! Di conseguenza una Società non sostenibile!

Osservando quanto si sta verificando in Europa, mi sembra che non si stia creando una società multietnica modellata da criteri concreti, bensì un mosaico di etnie, e ciò è già un dato di fatto! dove ognuno tende a rimanere se stesso perché non gradito, incompreso e spesso perché i nuovi arrivati sono restii ad assorbire la stessa civiltà che li ha attratti.

Certo è un problema da non poco, che necessiterà un lungo processo di formazione non riconosciuto dall' autocoscienza dei nuovi cittadini se l'integralismo per esempio, non verrà marginato.

Queste realtà, bisognerebbe valutarle per mitigare gli aspetti negativi, per trasmetterle a dispetto della provocazione del chador che nessuna legge Islamica impone, se non l'auto convincimento e suggestione di una fascia di persone faziose che tramite la fede religiosa prevarica e sottomette gli umili rendendoli pericolosi nel fanatismo collettivo, globalizzando il loro atteggiamento. Alcune splendide persone sono troppo Islamiche per essere pienamente anime libere che in più occasioni si capisce che nella loro mentalità domina il convincimento della espansione religiosa intesa come scopo della vita per conquistare l'Occidente con le sue stessi leggi (quelle occidentali) per poi dominarlo con quelle Integraliste. Cosa che a suo tempo fecero anche i cristiani però oggi i tempi sono cambiati! E le mentalità dovrebbero essere aiutate a convergere.

Il concetto di libera religione in una libera società con assoluta tolleranza per le altre è lontano soprattutto in alcune culture che ripongono tutto in altri criteri. Basti verificare i motivi di rottura di alcuni matrimoni misti in cui la causa è determinata dall'ambiente culturale incapace di concepire convergenze.

Come si capisce il problema riguarda molte persone! e mi chiedo per coloro che si trovano o si troveranno nella condizione di *multietnico* se saranno tutelati nel loro futuro, per la loro anima e dignità mettendo dei paletti forniti dalla legge per evitare che vengano a crearsi cellule anomale e isolate che vagano nel caos.

Per esempio la cittadinanza è un concetto chiaro sin dalla nascita in quanto se il Paese della madre non ammette doppia cittadinanza i soggetti giuridici scelgono quella del padre che garantisce il principio della *ius sanguini* o viceversa quando la negazione proviene da parte paterna.

Tornando all'argomento immigrazione: in Europa, quale legge verrà adottata per i figli degli immigrati? quella del sangue o quella del suolo? Sicuramente essa verrà modificata, ma è ironico pensare che nel 1938, le leggi razziali non permettevano la registrazione negli atti civili i figli nati da unioni miste e tanto meno venivano ufficializzati i matrimoni di questo tipo allo stesso modo di come venivano regolate le questioni ebraiche.

Inoltre la U.E. con riferimento delle situazioni di eterogeneità che si stanno creando con tendenza ad incrementare nel prossimo futuro si preparano a creare una Società sostenibile da questo punto di vista? che seguendo l'evolversi della situazione sociale possa investire una parte delle energie anche per formare mentalità e comportamenti tali che i soggetti della Comunità possano essere cittadini non solo uguali tra loro e, non più extracomunitari, *ma pari,* al di là del colore della pelle al di là della religione e, facendo in modo che questi concetti vengano assorbiti sin dalle prime classi di scuola e fatti assimilare ai nuovi arrivati e agli autoctoni, all'occorrenza difendendo questi principi con forza "vigorosa"?!

Tralasciando per il momento, di sprecare fondi e sinergie nell'inquadrare le attività parlamentari in regolamenti che mirano a disciplinare questioni marginali, non prioritarie; trasformando i sacrifici dell'Europa in episodi bizzarri.

Il mondo moderno non credo potrà continuare a fare riferimento solo ai coefficienti di inflazione, al PIL e agli indici della Borsa perché per mantenere il ritmo di benessere attuale nei Paesi ricchi (salvo regressione) sarà pur necessario importare immigrati ma anche ricostruire una società in un'ottica nuova e aggiornata modificando gradualmente struttura, cultura e leggi con sensibilità ed esperienza oggi lasciate ai rapporti interpersonali e lauree in storia o in sociologia che sono indispensabili, ed essenziali ma non sufficienti a cotanto impegno poiché i loro ragguagli articolano e "parlano" come nei libri di diritto, Spiegandosi in un gergo inaccessibile ai più delle persone della maggioranza destinatari di questi studi e che non sono addetti ai lavori né hanno esperienza sufficiente.

Ai posteri l'ardua sentenza, che non assolverà la mancanza di solerzia, la volontà né l'indugio nel non vigilare e delineare tempestivamente principi e regole essenziali al riguardo, lasciando intuire che l'integrazione forse sarà una illusione per lungo tempo ed è dunque sperabile che scienziati, economisti, giuristi, statistici e i più dotti aiutino a fornire proposte in grado di evitare possibili disastri sociali e strutturali delle società attuali.

Abbiamo fiducia in quelli che riteniamo più perspicaci e crediamo capaci di prevedere il futuro e di risolvere una situazione, quando essa si verifichi e si sia giunti a un momento critico, e di potere prendere una decisione in base alle circostanze. Questa secondo gli uomini è la vera saggezza. (Cicerone, *De officis*, II, 33)

POLLASTRE DI RAZZA

(Extracomunitari si nasce)

Un gruppo di galline "extracomunitarie" furono messe in gabbia e caricate su un aereo per essere vendute nei mercati di Roma, Parigi, Madrid e Berlino. Il commercio internazionale si sa' non ha più frontiere!

Arrivate a Berlino le galline extracomunitarie furono messe in capannoni insieme alle galline tedesche, che erano meno ruspanti ma più grasse e deponevano uova così grandi che incuriosirono le galline appena arrivate. Le quali emisero grida di ammirazione alla vista di uova tanto grosse, mentre alcune extracomunitarie depositavano degli ovetti piccoli, un terzo di quelli tedeschi.

«Oh, guarda che ovetti piccoli, piccoli, come sono carini!!!» esclamò una gallina tedesca nel vedere le uova di una gallina immigrata, la quale chiese alla tedesca: «Quanto costano le uova qui da voi?»

«Cinquanta centesimi cadauna, e cioè il doppio di quanto vengono vendute le vostre» rispose la grassa gallina di Berlino. Quella extracomunitaria si allontanò di corsa per andare a spettegolare con le compagne di viaggio e incitarle a fare uova più grosse per avere un profitto superiore.

Ma la gallina più vecchia e autoritaria del gruppo intervenne e disse: «Ah! No, eh!, proprio no!!! Ma vi pare che ci deformiamo il sedere per soli venticinque centesimi di differenza? In nome della globalizzazione?»

ME LO HA DETTO LA MIA MAMMA

Dopo la vicenda di Ruggeri che a Rima, in Nigeria, mandò a quel paese "il Piccolo Principe Nero" mi ricordai un episodio avvenuto molte decine di anni addietro miglia e miglia distante da Rima, verso est, in quei luoghi dove da bambino dentro la Balilla di mio padre di lato al campo di grano vidi scomparire le spighe divorate dalle cavallette.

Dalle finestre delle case ben costruite dai coloniali italiani, si vedeva una coltivazione di piante di girasole, che i contadini curavano diligentemente per i semi e l'olio che si poteva torchiare. Abitavamo ancora in quel quartiere vicino alla baracca di Capanna ucciso dal suo giovane stalliere.

Le piante di girasole viste dai vetri della finestra di casa sembravano soldati in uniforme con il berretto giallo e la chierica, e salutavano il sole facendogli *l'attenti a destra* al mattino col sorgere del sole. Mentre al crepuscolo, alle tre del pomeriggio le teste gialle dei girasoli avevano brandeggiato il capo e mostravano stanchezza. Si inchinavano annunciando l'ora del riposo con un *attenti a sinistra* baciati dai raggi di sole che se ne andava. Qualcuno bussò al cancello corsi ad aprire e mi trovai davanti un anziano in precarietà fisica e abbigliamento consumato che chiedeva l'elemosina.

Di solito queste persone a quei tempi, venivano apostrofate come "straccioni" che inquadravano in noi adolescenti un cliché tipico ed usuale.

Tornai in casa incontrai mia madre in corridoio e le dissi «Mamma c'è un nero alla porta.»

Nel giro di pochi attimi mia madre accudì il clochard offrendogli un pezzo di pane e qualche soldo, poi rientrò frettolosamente, mi sculacciò e disse: «Come ti permetti di dire che c'è un nero alla porta. *non si parla in questa maniera*, e poi mi hai osservato bene? Sono forse bianca io?»

Tacque, e mi lasciò andare nella mia stanza a mettere in ordine le figurine dei calciatori, ero juventino.

Ma che colpa avevo io, d'altra parte i miei compagni quasi tutti bianchi si esprimevano in quel modo e le loro espressioni erano accezioni che inducevano a mantenere indifferenza e distacco verso gli autoctoni.

Passarono una decina di giorni, bussarono nuovamente al cancello, andai ad aprire e il medesimo medicante era tornato per chiedere la carità. «Aspetti un momento che chiamo mia madre» dissi dandogli del lei, questa volta. Entrai in casa raggiunsi mia madre che insieme a mio padre guardavano dalla finestra e videro la persona che aveva bussato alla porta, e dissi «Mamma c'è un signore alla porta».

La mia frase fu inattesa per i mie genitori, era inusuale che chiamassi "signore" uno "straccione" così come lo definiva la maggioranza. I miei si scambiarono uno sguardo e mio padre ironico mi chiese «Come mai chiami "signore" il mendicante?»

«Me lo ha detto la mia mamma» risposi con tracotanza malandrina e infantile; e il tema si esaurì per sempre. Salvo ad essere ricordato qualche volta negli anni a venire per sorriderci sopra.

Alcuni libri interessanti, adatti con l'argomento trattato, che meritano attenzione sono:

Ebano, di Ryszard-Kapuscinki stampato da Feltrinelli in una lettura, gradevole di ritratti reali;

Nuovi imbarazzismi, di Kossi-Komla-Ebri edito da Dell'Arco-Marina ;

Il jihadista della porta accanto, di Khaled Fouad Allam, Edizioni Piemme;

L'abbandono, di Erminia Dall'Oro, Giulio Einaudi Editore;

Razzismi un vocabolario, di Laura Balbo e Luigi Manconi, pubblicato da Feltrinelli.

Finito di stampare nel mese di Ottobre 2015
per conto di Youcanprint *Self-Publishing*